소녀의

지리산 소녀 윤, 세상을 만나다

인디아

소녀의 인디아

지리산 소녀 윤, 세상을 만나다

2007년 06월 28일 1판 1쇄 펴냄
2007년 07월 10일 1판 2쇄 펴냄

글 · 그림 정윤
사진 정윤, 윤's mom & friends
펴낸이 구모니카
편집 서수은
마케팅 남성진
제작 양만익

디자인 Design I'm
출력 (주)지에스테크
인쇄 · 제본 색채인

펴낸곳 M&K
등록 2005년 1월 13일 제7-292호
주소 서울시 마포구 서교동 369-20 1층
전화 02-323-4610 팩스 02-323-4601
e-mail hg81s@naver.com
M&K 싸이월드 타운 http://town.cyworld.com/mnk
ISBN 978-89-957101-7-3 03810

소녀의 인디아

지리산 소녀 윤, 세상을 만나다

인디아

정윤
쓰고 그리다

India

M&K

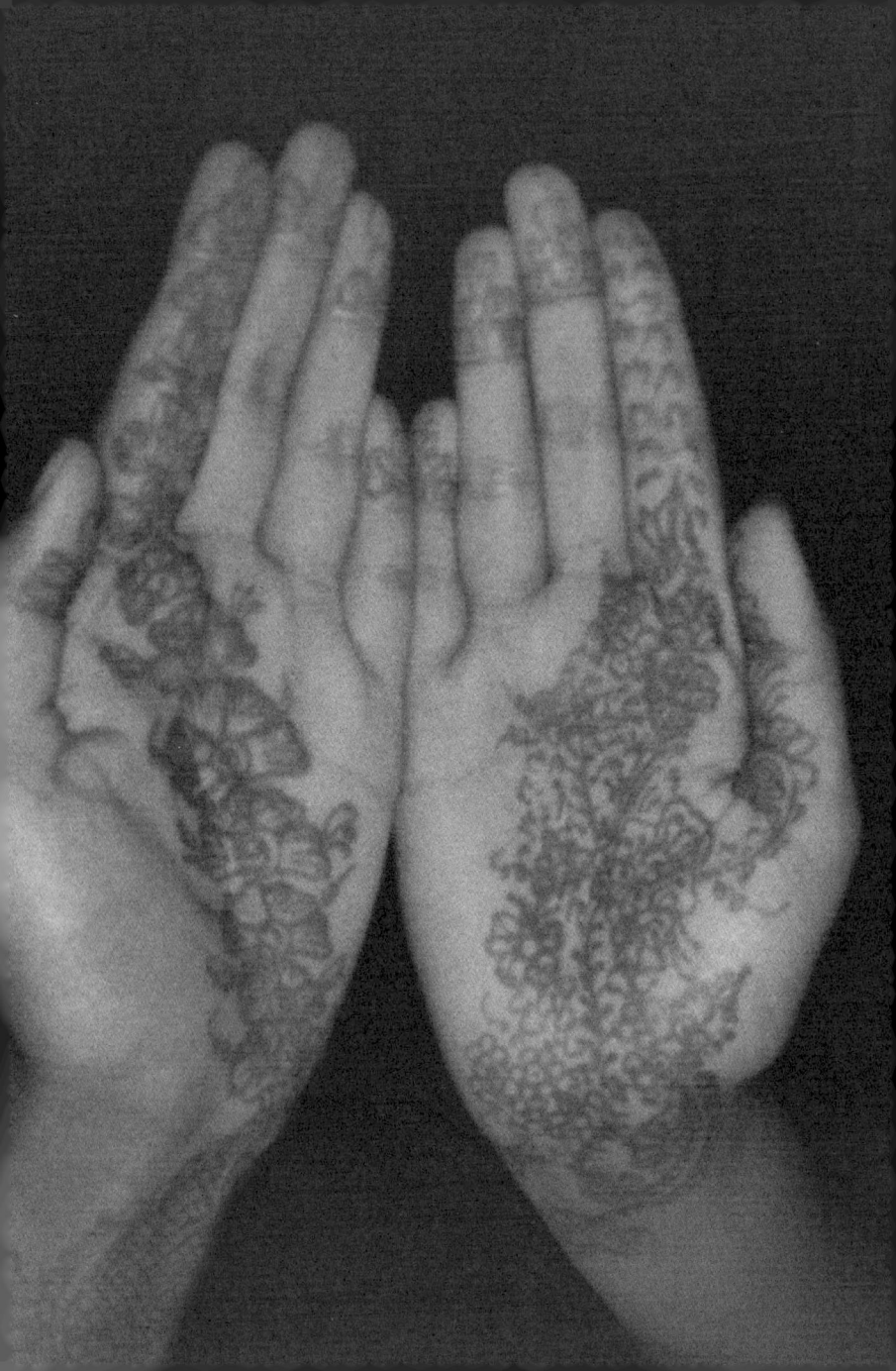

모든 게 궁금하고 신기했던 지난 19년
나는 신대륙을 발견했다.
' I n d i a '

PART 01

소 녀 윤, 인 디 아 를 만 나 다

#01 인도? 인도가 어디야?

뭐? 인도를 가겠다고?	015
뉴 델리에서 만난 소	018
박물관이 어디 있어예?	021
행복한 하루 가슴 아픈 이별	025
인도 시골에 있는 바랏뿌르	030
기차타고 바라나시로	036
갠지스강의 착한 풍경	039

#02 다래끼소녀 인도로 가다!

다래끼가 났어요	048
13살 타지마할을 느끼다	050
기차에서 배낭을 도둑맞다	054
인도 여행이란	060
Friendship day interview	062
스리나가르 탈출기	066
자동차 경품 당첨?!	072
켈커타 가는 기차 타고 30시간	075
테레사 수녀님을 만나다	083
켈커타는 신의 정원	089

#03 인도와 사랑에 빠지다

햇님이의 각오	096
The day before going to India	102
꼴라바 스트릿?!	104
The princess de lune	108
펠리시아 벵갈로 학생	115
Once in a life	120
우리 엄마는 엑스트라	122
해리포트 인터내셔널 스쿨	126
마살라 도사와의 재회	130

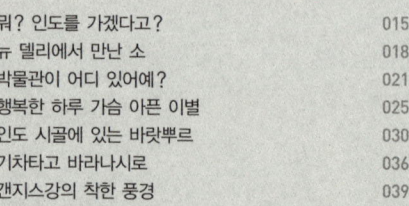

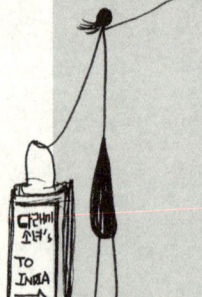

#04 좌충우돌 **국제학교** 적응기

이 학교에 꼭 가야만해   143
진짜 시작, 입학식   148
나는 할 수 있다 – ESL코스 C⁻에서 A⁺까지   153
수학시간… 맞죠?   161
시니어와 프레시맨의 저녁 공연   166

#05 **인도에서** 먹고 자고 싸다

Everyday in Kennedy – 기숙사 생활   172
Let me introduce my school, K.I.S   182
우리학교 특종인물들 1   191
짐카나   196
우리학교 특종인물들 2   199
밥밥밥!   204
어렸을 적에   209

#06 **India..** and the memories

꼬맹이 친구 소프니   216
Fall in love with 패션리더, 스페인어 선생님   221
Birthday@Yoon   226
신난다, Spirit week   229
아슬아찔 학교 탈출기   232
특이한 Field day   235
Formal & Prom   237
Long Weekend in deepika's house   240
Birthday@Deepika   245
Birthday@Vartika   248
인디아… ing   254

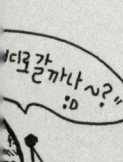

Contents

I love you ♥
INDIA

HANISTAN

스리나가르 · Leh

Jammu and Kashmir

CHINA

잠무 · 다름살라 Himachal Pradesh

· Amritsar · Simla

Chandigarh · Chandigarh

Punjab

PAKISTAN

Haryana

델리 ☆ Delhi

Uttar Pradesh

NEPAL 룸비니

Sikkim

Ganglok · Siliguri

BHUTAN

자이살애르 아그라

Rajasthan 자이푸르

Kanpur · Lucknow

Dispur

Shillon Megha

잔시

알라하바드 바라나시 · Patna

BANGLADESH

Bihar

Agartala Tripu

· Asansol

West Bengal

켈커타

Kandla

Gandhinagar

Ahmadabad ·

Bhopal · Jabalpur

Jamshedpur

Gujarat

Madhya Pradesh

Baroda

Cuttack

Bhubaneswar

Veraval Diu

· Nagpur · Raipur

푸리

Orissa

Daman

Dadra and Nagar Haveli

Maharashtra

봄베이

· Poona

하이드라바드

Vishakhapatnam

Arabian Sea

Andhra Pradesh

Bay of Bengal

고아 호스핏 함피

Panaji · Mormugao

푸네

Karnataka

· Guntakal

An Nic

벵갈로르 마드라스

Mangalore

코친 Cuddalore 첸나이

· Calicut

Tamil Nadu

께랄라 코다이카날 폰디체리

Kavaratti Island

마두라이

트리반드롬

깐냐쿠마리

SRI LANKA

● 윤이가 들른 대표적인 곳들

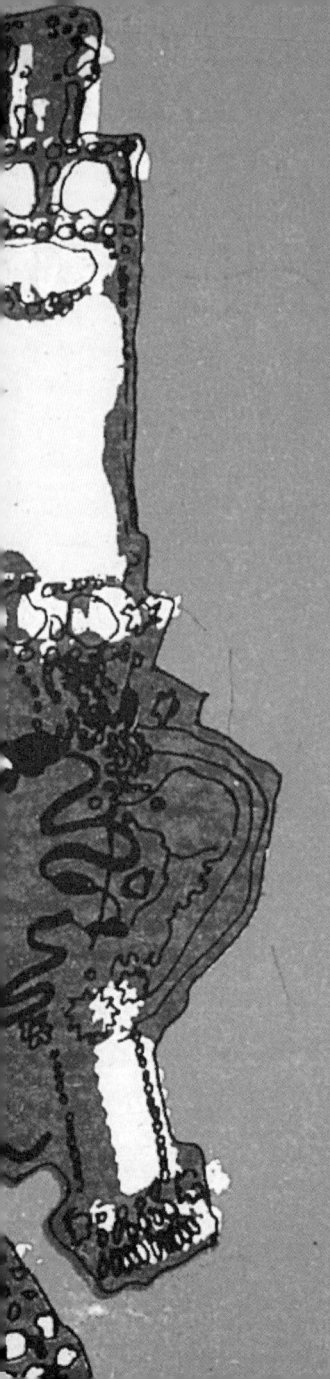

PART 01

소 녀 윤 ,
인 디 아 를
만 나 다

뭐? 인도를 가겠다고? _ 015
뉴 델리에서 만난 소 _ 018
박물관이 어디 있어예? _ 021
행복한 하루 가슴 아픈 이별 _ 025
인도 시골에 있는 바랏뿌르 _ 030
기차타고 바라나시로 _ 036
갠지스강의 착한 풍경 _ 039

INDIA?!

EXCITING!

 # 01

인 도 ?
인 도 가
어 디 야 ?

뭐?
인 도 를
가 겠 다 고?

■

초등학교 5학년. 유럽 여행 후, 일년 째 되는 날.

우리 엄마는 20년 다니시던 직장을 그만 두셨다. 나는 너무 좋았
다. 엄마가 사무실을 그만 두셨으니 이제 집에서 맛있는 것도 해
주시고 내가 학교에서 돌아오면 날 반겨주실 테니까. '우리 윤이
왔어~?' 하고 말이다.

엄마는 사무실을 그만 두신지 며칠 안 되어 짐을 싸시더니,
"윤아, 우리는 인도로 가는 거야."
"왜? 인도에 왜? 인도가 어디야?"

여기는 김포공항.

"안녕하세요~!"

그 곳에는 우리의 가이드와 두 명의 여자분들이 더 계셨다. 아! 일행이 있었구나. 처음 보는 사람들이라서 낯을 가리는 나는 계속 먼 곳만 쳐다 보고 있었다. 가이드가 한 명씩 소개를 해줬다. 눈이 똥그랗고 조금 차갑게 보이는 동은 언니 그리고 우리 엄마와 잘 놀 것 같은 경숙 이모. 우리는 인사를 나눴다.

차가워 보였던 동은이 언니는 알고 보니 천사 같았다. 비행기를 타며 계속 날 챙겨주고 우린 곧 친해졌다. 경숙이 이모도 넘치는 유머로 우리를 내내 웃게 해줬다.

인도 여행을 떠나기 직전, 이 소중한 사람들을 만났다.

'인도' 라는 곳은 더럽고 소들이 우글거리고 검은 손으로 하얀 밥을 먹을 것 같은 곳이지만 더 많은 '어떤 소중한 것들' 을 만나게 될지 혼자 내심 굉장히 기대가 된다.

제가 웃고 있을까요
화를 내고 있을까요?

"우리 **어디로** 가는 거야?"

뉴델리에서 만난 소

아침 서울에서 아홉 시에 출발해 조금 전 뉴델리에 도착하니 밤 12시였다. 우리나라는 새벽 3시 30분.

공항에는 우리들의 인도인 가이드 티카가 기다리고 있었다. 내 이름을 적은 피켓을 들고 '누구일까?' 궁금한 표정으로 웃으며 서 있었다.

시원한 공항을 나오니 더운 열기가 후끈 얼굴을 덮었다. 나도 모르게 '헙' 하는 소리가 절로 나왔다. 늦은 밤인데도 너무 더워 겁이 더럭 났다. 가이드를 따라가니 일제 도요타가 기다리고 있었다. 우리는 '파크 호텔'로 출발했다.

깜깜한 밤, 아무것도 보이지 않는 암흑. 열두시가 넘은 시간에 하얀 물체가 도로 한복판을 천천히 어슬렁 어슬렁 걸어 가길래 순간 섬뜩했다. 혹? 유령? 저게 뭐지? 나는 엄마와 동은이 언니 그리고 경숙이 이모에게 저게 뭐냐고 소리를 질렀다. 사람도 아닌 것이, 저 거대한 물체가 이 시간에, 이 도시에? 커다란 동물이 동물원에서 탈출할 일도 없고 더구나 물건이 걸어 다닐 리도 없는데…. 가이드는 옆에서 혼자 슬그머니 미소를 짓더니 저건 인도의 상징인 소라고 설명 해줬다.

"엣? 소가 왜 길 한복판에서 걸어 다녀요? 저러다 차에 치이기라도 하면 어떡해…."

느릿느릿 걸어가는 그 하얀 소가 인도에 온 첫날부터 날 깜짝 놀래켰다. 소를 우상시하는 인도, 거리에 있는 저 소들도 다 주인이 있다고 했다. 하지만 이 늦은 밤에 소가 다니는 이유를 모르겠다.

뉴델리의 PARK HOTEL에 여장을 풀고 호텔에서 화려한 저녁을 먹은 후 1층 로비로 내려와 인터넷으로 아빠한테 e-mail을 보냈다.
'아빠 잘 도착했어요. 인도 여행을 보내주셔서 감사합니다. 아빠를 사랑한다고, 너무 덥다고, 여행이 기대된다고, 아빠도 밥 잘 챙겨 드시라고….'

나는 마냥 좋았다. 지금, 패키지로 온 인도 여행이 얼마나 호화스러운지! 누가 인도 음식을 맛이 없다 했을까? 누가 인도를 지저분하다 했을까? 누가 인도 사람들이 나쁘다고 했을까?

우리는 공항에 내리자마자 대기하고 있던 일제 도요타를 타고 에어컨 빵빵 나오게 틀어놓고 호텔로 오고 음식도 매우 훌륭해서 여자 네 명은 매번 육인 분의 음식을 먹고 배를 방실방실 웃게 했다. 호텔의 시트는 히말라야 눈가루처럼 하얗고 뽀송뽀송했다. 초 호화판 여행을 하게된 나는 황제가 된 기분이었다. 인도는 가난한 것만은 아니었다. 부자는 우리가 상상도 못할 정도로 잘 먹고 잘 살고 있었다. '인도는 가난하다'는 선입견이 확 달아나 버렸다.

새벽 2시경 샤워를 한 후 잠이 들었다.
내일부터 인도에서의 일정이 나를 기다리고 있다.

박물관은
어   디
있어예?

인도 뉴델리! 동은이 언니와 경숙이 이모는 먼저 택시를 타고 떠나고 엄마와 나는 이 큰 인도의 수도, '뉴 델리' 한복판에서 인터내셔널 뮤지엄을 찾아 나섰다. 지나가는 릭샤를 잡고 "국제 박물관을 아느냐?"고 물었더니 릭샤왈라는 아주 자신이 넘치는 목소리로 "노오 프라블럼!" 소리치며 잘 안다는 듯 걱정 말라고 했다. 우리는 그가 시키는 대로 걱정하지 않고 릭샤를 타고 느긋하게 시내 구경을 했다.

인도의 유명한 싸이클 릭샤는 자전거에 마차가 딸려 있다. 그래서 사람이 직접 페달을 밟아서 마차를 끈다. 처음에는 운전하는 사람이 힘들어 보여서 엉덩이를 편안하게 붙이지 못하고 엉거주춤 서 있었다. 그러나 천천히 달리는 릭샤를 타고 시내 구경을 하는 기분은 정말 최고였다.

한 시간이나 지났을까? 아무리 가도 릭샤왈라가 세워줄 것 같지가 않았다. 나중에 보니 이 기사가 박물관을 몰랐던 것이다. 우리들을 태우고 이리저리 많이 다니다 보면 요금을 더 받을 수 있다는 계산을 하고 있었다. 그러나 천만의 말씀! 아저씨 딱 걸렸어요. 우리가 어리버리하게 보이는 모양인데 이래 뵈도 한 수 위거든요!

릭샤 요금을 지불한 우리는 걸어가기로 했다. 지나가는 사람들에게 박물관 위치를 물어 보았다. 인도에서는 보기 드문 넥타이를 맨 젊은 아저씨를 만나 물어보니 북쪽으로 가라고 했다. 조금 지나 푸른 교복을 단정하게 입은 여학생은 반대쪽을 가르쳤다. 할 수 없이 길가에서 짜이를 파는 아저씨한테 갔다. 짜이 한잔을 주문해 마시며 '도대체 박물관이 어디 있느냐?'고 물었다. 그랬더니 그 아저씨는 빨간 이빨을 드러내 웃으며 새까만 손가락으로 이번에는 동쪽을 가리켰다.

'이그~ 웃지나 말든지. 모르면 모른다고 하든지.'

이 엉터리 안내자들 덕분에 얼마나 애를 먹었는지 모른다.

날씨는 덥고, 길은 모르고, 급기야는 지나가는 할머니께 우리나라 말로 물어 보았다.

"할매! 국제 박물관은 어디 있어예?"

'이게 뭔 소리여?' 하는 표정으로 놀란 할머니가 오던 길 반대쪽 좁은 길로 바삐 가셨다.

어렵게 어렵게 찾아간 뉴델리 국제박물관. 우리가 머물던 곳에서

십분 밖에 걸리지 않았을만한 거리에 위치하고 있었다. 겨우 찾아
온 우리는 경숙이 이모와 동은이 언니를 만났다. 하지만 박물관
앞에서 우리는 또 한번 혼쭐이 났다. 터무니없이 3백 루피의 입장
료를 내란다. 분명 내가 들고 다닌 인도 안내서에는 학생은 1 루
피로 되어 있었는 데 말이다.

'아이 엠 어 스튜던트!'

'노오!'

아무리 학생이라고 이야기해도 막무가내다. 입구에서 한 시간이
나 실랑이를 벌이고 있는데 다른 안내원이 나오더니 웃으면서 들
어가게 했다. 사정을 다 안다는 듯이 단 1분 만에 나에게 3백 루피
대신 1 루피 받더니 입장을 하게 했다.

'이러니까 인도지…' 입장료 때문에 열이 난 나는 박물관 안의
보물들을 보고 있었다. 그런데 차츰 마음이 거짓말처럼 풀어졌다.
정말이지 3백 루피가 아니라 천 루피를 냈어도 아깝지 않을 보물
들이 소장되어 있었다. 사진을 찍지 못하게 중간 중간 인도인의
검은 눈으로 감시하는 바람에 나는 수첩에다 코가 잘린 코끼리랑,
금닭 같은 이상한 모양의 새를 그려 넣었다.

뉴델리 박물관 안에는 난생 처음 보는, 상상할 수 없는 진귀한 보
물들이 가득 전시가 되어 있었다. 인도의 여러 문화와 예술을 보
여주는 이 모든 것들은 내가 살면서 또 다시 볼 수 있을지 모를 것
들이었다. 난 모든 것들을 잘 기억하려고 하나하나 정성껏 오래
들여다봤다.

■

　　　뉴델리에서 네루 대학 1학년 학생이 오늘 하루 동
안 안내를 해줬다. 한국말을 3개월 배웠다는데 실력이 아주 엉성
했다. 그는 차 안에서 어설픈 한국말로 인사도 하고 수다도 떨다
가 '머리가 좋은'이라는 표현을 '머리가 예쁘다'고 말해서 만나
자마자 우리를 한바탕 웃게 해줬다. 그래도 인도에 한국말을 하는
사람들이 늘고 있다는 것은 기쁜 일이고 신기한 일이다.
인도에 오랜만에 시원한 비가 내렸다. 마치 우리의 만남을 축복해
주는 것 같이.
우리는 함께 분위기 좋은 레스토랑으로 들어가 식사를 하면서 가
이드의 서툰 한국말 때문에 웃고 또 웃었다. 밥 먹다가 7인분 식
사를 시켰다는 걸 알아채고는 웃다가 배가 너무 불러 또 웃음보가
터졌다.

"우린 정말 대단해! 인도에서 이렇게 밥을 잘 먹는 사람이 또 있을까? 하하하…."

맛있게 밥을 먹고, 비 오는 골목길을 다 같이 뛰어가 반짝거리는 한 상점 안으로 들어갔다. 7백 루피에 내가 입을 사리를 사고 동운 언니 짜이 티백도 백 5십 루피에 샀다. 물론 가이드의 흥정 실력이 가격을 반 이상으로 낮추는데 큰 도움이 되었다. 우리는 물건을 거저 샀다며 뒤로 돌아 또 한바탕 웃었다.

가이드는 돌아오는 길에 자신이 브라만이라고 귀여운 거짓말을 했다. 그리고 지쳐 있는 우리를 위해 좁은 차 안에서 인도 춤을 코믹하게 보여주곤 '행복하냐?'고 애교를 부리기도 했다. 곧 헤어질 우리들이지만 가이드는 '장미'와 '부처' 그리고 '해바라기'라며 일일이 별명을 붙여 주었다.

좀 과하다 싶은 별명에 동은 언니가 '뻥이지!'라고 했더니 눈을 휘둥그레 뜬다.

"빵? 조금 전 그렇게 밥을 많이 먹고 또 빵을 찾습니까?"

'뻥' 치지 말라는 말을 '빵'을 달라는 말로 잘못 알아 들었던 것이다. 어리둥절해 있는 가이드를 뒤로 하고 우린 다시 눈물이 나도록 웃었다. 왜 그렇게 아무 것도 아닌 것에도 즐거웠을까? 자꾸자꾸 웃으니까 우리는 점점 더 행복해졌고 더 웃게 되는 것 같았다.

그렇게 실컷 웃으며 즐거운 하루를 보내고 마침내 헤어질 때가 왔다. 그동안 고마웠다고 팁과 함께 오늘 하루 감사의 돈을 줬다. 우리는 모두 가이드의 마지막 헤어지는 말에 눈물이 핑 돌았다.

"오늘 아침엔 저는 참 행복했습니다. 이제 오늘 밤 저는 불행합니다. 당신들이 이 밤에 떠나니까요."

우리는 이 귀여운 가이드와 헤어지는 게 너무나 슬프고 가슴 아팠다. 다시 만날 수 있을까?
너무 신기하게도 그후 몇 년이 지나 가이드는 거짓말처럼 한국을 방문했다. 아마도 경숙 이모의 초대로 왔다가 전화를 한 것 같았다. 그동안 한국어가 많이 늘었고 나이도 그만큼 들어 보였지만 피부색은 여전히 검정색 그대로였다. 한국에서 또 새롭게 만난 우리는 만나는 내내 행복과 웃음이 가득했다.

내가 통통 튀고 있어
자꾸 웃음이 터져나와
하늘로 내 심장이
날아 갈 것만 같아!

■

　　　드디어 바랏뿌르 궁전에 왔다. 인도에는 궁전을 개
조해서 호텔로 경영하는 곳이 여럿 있다. 이 궁전은 규모가 크지
는 않았는데 그래도 옛날의 영화를 보여주듯 건물은 화려했다.
인도의 성들은 영국이 인도를 통치하기 위해 지방에 있는 인도 귀
족들에게 특혜로 많은 토지와 집, 그리고 돈을 주어 각별한 대우
를 하며 생긴 것이란다. 그들은 영국 정책에 동조하는 세력으로
인도인들에게 군림하며 잘 먹고 잘 살았다. 그러나 마하트마 간디
가 수상이 되자 그 특별하게 지급되던 혜택을 끊어버리고 오히려
많은 세금을 부과했고, 하인들과 넓은 궁전을 관리하기 위한 돈이
필요하게 되었다. 그래서 생각해낸 것이 화려한 궁전을 호텔로 개
조하게 된 것이라고 한다.

전기가 들어오지 않을 정도로 오지 마을인 동네를 한 바퀴 돌기로 했다. 궁전을 나서자 대문 앞에 있던 노인이 안내를 하겠다면서 나섰다. 우리가 올 때부터 보이던 그 분은 우리가 나오길 이 곳에서 계속 기다리고 있었던 것 같다. 아이들 서너 명이 따라 오더니 동네 한 가운데까지 왔을 때에는 어른 아이 할 것 없이 20여명이 따라 오고 있었다.

우리나라 70년대 시골 집처럼 외양간 같은 곳에서 소와 함께 생활하고 있는 시골집을 방문해 방안 구석구석을 신기한 듯 보고 있는 동안에, 동네 아이들은 오히려 우리들이 신기한 듯 모여 우리들을 살펴보고 있었다.

맨 처음 만난 노인을 우리끼리 이장이라고 불렀다. 이장을 따라 동네를 한 바퀴 돌면서 길가에 널려있는 쇠똥을 밟을까 조심해야 했다.

마을에는 아름다운 건축물이 몇 개 보인다. 영국 식민지 때의 건물인지 문양과 건축 기술이 예사롭지 않아서 유심히 살펴보는데 갑자기 '음메' 하는 황소 울음 소리가 나 기겁을 했다.

그 멋진 집 안에는 소가 살고 있었다. 조금 전 사람이 사는 곳은 외양간처럼 대문도 없고, 창문도 없는데, 소가 사는 곳이 저렇게 호화롭다니…. 아이러니 했다.

동네 이장님한테 수고하셨다는 인사로 팁을 주고 호텔에 돌아와서 옥상에 올라갔다.

이 성에는 이상한 미로가 있었고 지하와 1층, 2층 등이 통하는 좁은 계단도 있었다. 신기하고 신비로운 이 성안에서 나는 모든 통로들을 다 뛰어 다녔다. 그러다 발견한 비밀통로 안으로 살금살금 올라가니 옥상이었다. 온 동네가 펼쳐졌다. 그리고 옥상에서 멀리 마을을 감상하고 있는데 호텔 담 아래에 한 농가에서 짜파티를 굽는 여자 아이를 발견했다. 그녀는 자기 집에 오라는 손짓을 했다. 나는 한국에서 가져온 컵 라면과 과자 등을 가지고 방문했다. 16살 된 여자 아이가 가족을 위해서 짜파티를 굽고 있었다. 나뭇가지에 불을 붙이고 후라이팬에 반죽해 놓은 밀가루를 올리고 구우며 저녁 준비를 하고 있었던 것이다. 그녀는 학교를 가지 않고 집안일을 돌본다고 했다.

할아버지와 할머니를 비롯해서 20명의 대가족이 모여 살고 그녀 아버지는 돈을 벌기 위해 델리에 있다고 했다. 텅 빈 방에는 우리나라 밀 같은 것이 담긴 흰 자루 한 개만 있었다.

나를 신기하게 보는 사람들 사이에서 사진도 찍고 짜파티 맛도 봤다. 그냥 밀가루 구운 맛 밖에 나지 않았다.

밤에는 잠이 오지 않았다. 워낙 심한 더위 때문이기도 했지만 식당에 걸려 있던 사진의 주인공 때문이다. 잘 생긴 소년이 이 성의 주인이라고 했는데 지금은 나이가 80이 넘은 노인이 되었다고 했다. 사진 속의 소년 얼굴이 자꾸만 떠오르고 이 성에 있던 그 이상한 미로가 자꾸 생각나고 커다란 팬이 돌아가는 천장도 무섭기만 했다.

밖은 어둡고 마을 전체는 전기가 없었다. 이 궁전에는 가끔씩 발전기를 돌린다고 했다. 그러니 에어컨이 있을 리가 없다.

물을 이용한 수차가 밤새 돌아가고 소낙비가 갑자기 내리다가 그치고 예측할 수 없는 일들이 많았다. 사진 속 미소년의 미소가 그랬고 성 안 사람들과 성 밖의 사람들, 그 거리가 그랬다.

저녁 무렵 날아온 옥상을 내내 떠나지 않던 공작새, 그 공작새는 사람 덩치 두 배는 될 것처럼 무지무지 컸으며 파란색 빛, 초록색 빛 그리고 빨간 빛이 모두 어울린 색깔은 정말 아름다웠다. 멀리 저녁 노을을 배경으로 커다란 공작새가 날개를 펴면 궁전이 다 덮일 것만 같았다.

세상에 이런 새도 다 있었나 할 정도로 신비스러웠다.

지금은 80이 된 크샤트리아 출신의 미소년이 그 성의 신비스러움을 더해 주고 우린 이상한 나라의 성에 갇혔다가 겨우 살아 나온 사람들처럼 지쳐 있었다. 아침이 되자 동은이 언니는 입술이 퉁퉁 부어 있었고 밤새 더워서 잠을 못 잤다고 투덜댄다.

하지만 언제 그랬냐는 듯이 성을 떠나자마자 차 안에서 웃고 또 웃고 눈물이 나오도록 웃어 재꼈다. 순박한 인도인 기사 아저씨는 저 말만한 처녀들이 밤새 웃는 병에 걸렸나? 백 미러로 자꾸만 우릴 쳐다보고…. 우린 그걸 훔쳐보며 다시 웃고, 못 생긴 기사 아저씨는 우리말을 못 알아 듣지롱?!

"나 여기 있어요!
　나 좀 봐주세요."

■

　　　　그날 밤 호텔에서 준 도시락을 가지고 바라나시로
가기 위해 밤 기차를 탔다. 가이드는 우리더러 조심하라는 말을
수없이 하더니 팁을 받자마자 사라졌다. 정말 우리를 생각해 준
것인지 팁을 생각한 건지….
기차 타기 전 1시간 정도 재래 시장을 구경한 것이 정말 좋았다.
인도 음악의 거장 라비 샹카르 테이프도 사고, 시장 리어카에서
말린 소똥에 불을 피워 만든 음식도 맛 보았다.
가이드는 기차가 8시 30분에 출발해 바라나시에 아침 9시에 도착
한다고 했다.
그런데 기차를 타고 '혹시?' 하는 마음에 물어보니, 사람마다 대
답이 다 달랐다. 왜? 여기는 인도니까!

7시부터 10시까지, 심지어 기차 승무원까지 9시에 기차가 도착한
다고 했는데 정확히 기차는 아침 10시 40분에 도착했다.

간이역에서 잘생긴 역무원에게 도시락을 주던 동은 언니를 놀리
는 동안, 심수봉 흉내 내며 '그때 그 사람'을 부르던 노처녀 경숙
이모, 또 다시 즐거워졌다. 기차 창문으로 어두운 손이 쓰윽 들어
와도 즐거웠고 억수같은 비가 쏟아져 내려도 즐거웠다.

기차는 달리고 밤을 새워 또 달렸다. 마침내 보고 싶었던 인도의
아침을 보았다. 날이 밝아지자 창밖 멀리에 물통을 들고 화장실을
찾아 나온 사람들이 보이기 시작했다.

가난한 시골 사람들은 화장실이 없는지, 들판에 쪼그리고 볼일을
보는 사람들, 볼일 보기 위한 물이 담긴 통을 들고 다니는 사람들
을 쉽게 볼 수 있다.

왼손으로 깡통 같은 걸 들고 들판에 있으면 그것은 모두 화장실이
급한 사람들이다. 기차길로 향하거나, 길가에서 아무렇게나 퍼질
고 앉아 볼일을 본다.

인도 사람들은 밥 먹을 때 왼손을 사용하지 않는다. 왼손은 뒷물
씻는 손이기 때문이다. 우리는 호텔에서 왼손으로 음식을 먹다가
웨이터의 따가운 시선을 몇 번이나 받았었다.

짜이! 짜이를 파는 소년에게서부터 아침은 왔다. 기차가 멈추기도
전에 올라온 눈이 머루 알처럼 새까만 소년은 10살쯤 된 것 같다.
아아~ 그 소년의 눈빛은 잊을 수가 없을 것이다. 가슴과 손에는
아물지 않은 상처가 곪아 있었고 파리가 날아들자 소년은 파리를
좇아내느라 팔을 계속 휘두르고 있었다.

소년은 사람들이 내리자마자 자리에 버려 둔 쓰레기를 뒤지기 시
작했다. 배가 고팠나 보다. 무엇을 찾았을까? 어젯밤 우리가 먹다
둔 도시락은 상했을 터라 먹으면 안 되는데….

기차는 '바라나시'라고 영어로 쓰어 있는 역에 완전히 멈추었다.
내리니 한국말을 더듬더듬하는 가이드가 마중을 나와 있어 반가
웠다. 오랜만의 한국말이 얼마나 친근감을 주던지. 그런데 짐꾼들
이 서로 여행자들의 가방을 머리에 이거나 어깨에 메고 왔다갔다
한다. 아차하면 가방을 잃어버릴 판이다.

갠지스강의
착 한
풍 경

■

　　　새벽의 갠지스 강을 보기 위해 4시 30분에 일어나
야 했다. 한국어 가이드는 신뢰감이 들었다. 정직하고 착해 보였
다. 어느 한국인 스님한테 한국어를 배웠다는 데 제법 잘 했다. 한
국에도 온 적이 있다면서 여수도 가보았다고 했다.

많은 여행자들이 찾는 갠지스강의 새벽 가트에는 목욕을 하는 사
람들로 북새통을 이루었다. 가트라는 것은 육지에서 강으로 자연
스럽게 접근할 수 있도록 설치되어 있는 계단을 말한다. 강에 몸을
담그는 것은 바라나시에 순례 온 사람들의 빠뜨릴 수 없는 의식인
데 인도 사람들은 강물에 목욕함으로써 자신의 죄가 깨끗하게 씻
겨진다고 믿는다. 특히 해가 뜰 때가 기도를 하기 가장 좋은 시간

이라 사람들이 많이 붐빈다.

목욕을 하는 사람, 계단에 죽 앉아서 구경하는 여행자, 명상에 잠긴 사두도 있다. 차를 끓여서 파는 아이들, 적선을 요구하는 팔 없는 불구자들도 많다. 흰 천으로 아랫도리만 가리고 칫솔질 하는 아저씨 곁에서 일본 여자 두 명이 아름다운 인도 사리를 걸치고 갠지스강에 몸을 담근다.

어머니의 강이라는 갠지스 강에서 목욕하는 사람들의 행렬이 3천 년 동안 이어져 내려 왔다니 언제든지 볼 수 있는 풍경이 되었다. 어디서나 볼 수 있는 물, 어디서나 만날 수 있는 강인데, 사람들은 왜 그렇게도 이곳에 오고 싶어 할까? 붉은 황토가 섞여 자칫 더러워 보이는 이 물이 더 없이 신성시 된다.

강의 폭은 넓었고 많은 오물들을 정화시킬 수 있을 정도로 많은 양의 물이 흐르고 있었다. 입에 넣어 보았다. 무덤덤한 맛이었다. 얼굴에 바르고, 머리에 바르기도 하고, 팔에도 바르다가 아예 강물에 몸을 넣었다. 적당한 물의 온도가 기분을 상쾌하게 만들어 주었다.

갠지스 강의 노 젖는 소년의 작은 팔에 근육이 팽팽하다. 배가 물살을 거슬러 올라 가려니 힘이 드는지 어른 두 사람과 힘을 모아 노를 젓는다.

촛불을 강에 띄워 보내는 많은 사람들…,
나는 참 몰랐다. 어떤 마음으로,
무엇을 바라면서 이 촛불을 띄울지.

배를 타고 다니며 꽃과 양초를 파는 어린 소녀의 예쁜 미소에 나도 10루피 주고 양초를 사서 강에 띄웠다. 손바닥만한 이파리에 얹힌 양초는 내가 기도한 소원을 담고 몇 바퀴 물살을 따라 돌더니 흘러갔다. 수많은 작은 촛불이 강을 따라 흘러가는 것을 바라보며 생각에 잠긴 여행자들처럼 나도 오래오래 가트에 앉아 있었다.

갠지스 강가에는 우리나라 아파트처럼 높지는 않지만 낡은 건물들이 주욱 늘어서 있었는데 그 안에는 힘 없는 눈동자들이 밖을 내다보고 있다. 나이가 들고 병이 든 사람들, 죽으면 갠지스 강물에 목욕을 하고, 강가에서 화장을 원하는 사람들이 미리 와서 기다리고 있단다.

죽을 때가 되면 이 곳 바라나시로 오는 것이 이 나라 노인들의 최대 소원이라고 했다. 죽은 시체를 갠지스 강물에 담갔다가 화장을 하는 이유도 그래야 좋은 곳으로 가거나, 다시 인간으로 태어난다고 믿기 때문이란다.
강 위쪽은 잘 사는 사람들의 화장터, 아래는 가난한 사람들의 화장터라고 했다.
시체 한 구를 두 사람이 들 것에 들고 들어와 갠지스 강물에 두 번 정도 담그더니 장작 더미위에 올려 놓는다. 황색 천으로 덮혀 있었던 그 사자는 정말 인간으로 다시 태어날까? 일꾼 아저씨는 시

체가 잘 타도록 계속 뒤적이고 있고 뼈다귀를 탐하는 개 한 마리
가 어슬렁거리다가 일꾼한테 발로 차여 깽깽거린다.

밀고 밀리는 사람들을 피해 돌아 나오는 길, 황금사원 아래 가게
에서 동은이 언니는 카메라를 잃어 버리고 경숙이 언니는 스카프
를 잃어버리고 골목길이 얼마나 꼬불한 지 나는 일행을 잃고 말았
다. 무언가를 잃고 버리라는 이 곳의 계시였을까.

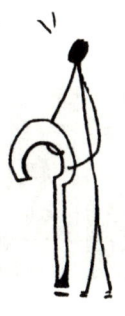

다래끼가 났어요 _ 048
13살 타지마할을 느끼다 _ 050
기차에서 배낭을 도둑맞다 _ 054
인도 여행이란 _ 060
Friendship day interview _ 062
스리나가르 탈출기 _ 066
자동차 경품 당첨?! _ 072
켈커타 가는 기차 타고 30시간 _ 075
테레사 수녀님을 만나다 _ 083
켈커타는 신의 정원 _ 089

02

다래끼소녀
인 도 로
가 다 !

■

　　　　　여름방학이 되자 엄마는 배낭을 꾸리시며 말씀
하셨다. "각오해라. 이번에는 배낭여행이야."

우리는 두 번째 여행 기간을 40일로 계획하고 준비했다.
엄마는 인도 여행을 하면 제대로 먹지 못하니까 체력보강을 하라
며 날마다 나에게 고기를 먹이셨다.
그런데 아뿔싸! 가기 하루 전 날 내 눈에는 다래끼가 났다.
예쁜 쌍꺼풀을 뒤집고 커다랗게 부풀어 오른 눈을 보고 깜짝 놀랬
다. 약사인 이모에게 얼른 달려가 물어보니 고기를 갑자기 많이
먹어서 눈이 '아이 괴로워~' 하고 있다고 했다.

인도에서 만난 한국에서 온 여행자 언니, 오빠들한테 확실하게 나를 인식시켜 준 나의 다래끼.

이렇게 다래끼 소녀의 인도여행은 시작되었다.

아그라의 뒷골목을 걸으면서 어떻게 하면 타지마할을 내 것으로 만들 수 있을까 생각해 봤다. 이번에는 타지마할 곁에서 하루를 온전하게 보내기로 했다. 내가 이곳을 제대로 흡수할 수 있을까?

커다란 대문이 열리며 많은 사람들과 우르르 떠밀려 들어갔다. 고개를 드니 타지마할이 서서히 보이기 시작한다. 푸른 하늘을 배경으로 사뿐이 내려앉은 하이얀 대리석 무덤, 이것은 한 마리의 하얀 새 같았다.

15번째 아이를 낳다가 숨진 아름다운 39세의 왕비 뭄타지 마할. 그녀의 남편, 샤자한은 큰 슬픔에 잠겼다. 그리곤 결심했다. 그녀를 위해 이 세상에서 가장 아름다운 무덤을 만들어 주겠다고. 이 무덤을 만들기 위해 이탈리아, 터키, 프랑스 등에서 온 장인들이

2만 명이 넘었으며 건축자재 운반을 위해 코끼리가 1천 마리 이상 동원되어, 22년 만에 완공되었다고 한다. 사랑하는 아내를 위해 세상에 하나밖에 없는 무덤을 지어준 남편. 그의 사랑은 도대체 얼마나 컸을까?

타지마할에 들어가면 정면 마당에 수로가 있는 정원이 있다.

영국의 왕세자비인 다이애나가 이 곳을 방문했을 때 앉아있었다는 의자에 나도 앉아 보았다. 다이애나는 이 나라의 왕비 무덤을 보고 무슨 생각을 했을까? 뭄타지 마할을 향한 샤자한의 사랑을 찰스 왕세자와 자신의 사랑에 비교해 보지 않았을까?

정원의 물 속에 비친 타지마할을 보며 모든 것을 다 가진 듯 보이는 다이애나 왕세자비도 조금은, 아주 조금은 뭄타지 마할에 대한 샤자한의 사랑을 부러워했을 것 같다.

신을 벗고 대리석 위를 걸어 타지마할로 들어갔다.

캄캄한 곳, 창문 사이로 햇살이 들어오는 곳, 말소리가 울려 퍼지는 곳, 보석들이 박혀있는 곳, 이 1층에 놓인 무덤은 사실 가짜고 진짜 무덤은 지하에 남편인 샤자한과 함께 나란히 묻혀 있다. 나는 다행이라고 생각했다. 만약 이것이 진짜라면 다리가 후들거려서 서 있지도 못 했을 것이다. 그의 엄청난 사랑과 그 사랑을 받은 엄청난 여인의 에너지 때문에….

무덤만 관람하고 그냥 나올 수는 없었다.

무덤 옆으로 돌아 나와 퍼질러 앉아 아그라포트(샤자한 동생이 그의 자리를 빼앗고 그를 가둬둔 성. 샤자한은 그곳에서 작은 창을 통해 타지마할을 보며 남은 인생을 마감했다.)를 보며 샤자한의 모습을 상상했 봤다. 샤자한이 타지마할을 멀리서 보며 얼마나 슬퍼했을까? 혹시 흐뭇해하지는 않았을까? 어쩌면 실성을 해 그의 아내가 타지마할 위에서 춤추는 모습을 보고 있을지도 모른다는 데까지 상상이 갔다. 타지마할 뒤편으로 보면 강이 흐르고 그 강 건너에는 숲이 있었는데 그 것을 본 순간 갑자기 가슴이 쿵쿵 뛰기 시작했다.

"그 시절 샤자한도 나처럼 저 강을 바라보고 있었겠지?"

같은 곳을 다른 시대에 함께 보고 있다는 것. 흥분됐다.

다람쥐는 던져 준 비스켓으로 경계를 늦추고. 나뭇가지에 있던 하얀 새는 높이 높이 날아가고 있다.

혹 저 새가 뭄타지 마할 왕비의 환생은 아닐까? 숱한 사람들의 시선에 편치 않은 무덤을 나와 저렇게 높이 날고 있는지도 몰라. 건물 기둥에 씌어진 아랍어로 된 코란의 경구를 보며 그 문자에 또한 아름다운 이야기가 숨어 있으리라 상상해 보았다.

문자를 모르면 상상력은 높아지는 법이다.

타지마할 안에 작은 우체국이 눈에 띄었다. 나는 이때가 기회다 싶어 친구에게 엽서를 부치러 들어갔다. 그런데 우표 값을 10배로 달란다. 내가 누구인가? 인도 여행만 여러 번째인 나를 속이려고? 어림도 없지~.

뻔한 거짓말을 하고도 태연한 직원의 표정에 어이가 없어서 내가 알고 있는 가격으로 항의했다. 직원은 움찔하더니 정중하게 안으로 들어오란다. 그래서 직원이 있는 사무실 안으로 들어갔더니 이번에는 그림 엽서를 책상에서 꺼내 모두 구매하기를 종용했다. 카쥬라호의 선정적인 그림이 들어있는 엽서였다.

그래서 미리 가져왔던 엽서에 일단 우표를 붙여 스탬프를 찍고 나서 보자고 했더니 정상 가격으로 해주었다. 다음이 문제였다. 밖으로 나오려 하자 다시 그림 엽서를 내 보이며 야릇한 표정으로 번들번들 웃고 있었다. 이상한 그림들을 내 놓으며 사라고 하는 것이었다. 마치 사지 않으면 밖으로 내 보내 주지 않을 태세다. 나쁜 사람 같으니라고!

마침 우체국 창으로 밖을 보니 뭄타지 마할 왕비같이 예쁘게 생긴 일본 여자 둘이 지나가고 있었다.

나는 반가운 듯 큰 소리로 외쳤다.

"하이! 미지꼬! 미찌꼬!" 하며 문을 박차고 나왔다. 나오자마자 창 안의 우체국 직원을 향해 쑥덕공알을 메겨주었다.

엉겁결에 미찌꼬가 된 일본 여성들이 무슨 일인가? 하고 힐끔힐끔 쳐다보고 있었다.

힌두의 대 서사시에 '천국의 정원'이라는 뜻으로 기록된 '아그라!' 오늘 나는 바로 그 천국의 정원에서 하루 종일을 놀다가 나온 것이다.

그렇다면 조금 전에 만난 우체국 직원도 천국의 정원에 사는 천사?! 나도 천사?!

■

　　　　델리에서 기차를 타고 고락뿌르로 가는 길이었다.
고락뿌르에 있는 부처님 열반지인 쿠시나가르를 거쳐 부처님 탄
생지인 룸비니로 가는 여정이다.

기차역에 가서 실랑이를 벌이며 어렵게 구한 기차표는 동생과 나
를 한 칸에 배치시키고 엄마는 우리가 앉아 있는 곳 옆 칸에 있는
자리였다. 엄마는 들고 계셨던 제일 큰 가방을 자리 밑에다 놓으
시고 우리에게 간식을 주러 오셨다. 우리는 어떻게 다 같이 앉을
수 있을까 고민을 하고 있었다. 그러다 동생과 내 옆에 앉아 있던
인도인이 친절하게도 자리를 바꿔 준다 하여 엄마는 가방을 가지
러 옆 칸으로 건너가셨다. 잠시 후 얼굴이 하얘진 엄마는 우리에
게 다시 달려 오시더니 가방이 없어졌다고 했다. 동생은 자리에서

우리 가방을 지키고 난 옆 칸으로 갔는데 제일 큰 엄마의 배낭이 사라져 버렸다. 순식간의 일이었다. 큰일이었다. 이제 시작인데 배낭을 잃다니, 그것도 제일 큰 가방을! 그 속에는 우리들의 비상 음식 라면과 약품, 휴대폰 그리고 내가 제일 좋아하는 멋진 바지를 포함해 우리 모두의 옷들이 잔뜩 들어 있었다.

사실 엄마가 우리 뒤의 자리를 찾아 갈 때 곧바로 어떤 인도인 아저씨가 그 배낭을 가지고 엄마 뒤를 따라 가는 것을 보았다. 당연히 '엄마에게 가져다 주려나 보다. 참 친절한 아저씨네'라고 생각하고 있었다. 하지만 그 길로 우리의 소중한 배낭이 감쪽같이 사라져 버린 것이다. 가짜로 친절한 그 인도인을 기차를 다 뒤졌지만 찾을 수가 없었다.

사실 인도 사람들은 거의 똑같이 생겨서 구별이 잘 가지 않는다. 눈만 커다랗게 뜨고 무슨 구경거리인양 우리를 바라보고 있는 인도인들 속에서 범인이 있었다 해도 찾지 못했을 것이다.

인도에서는 가방 분실이 빈번하게 일어난다고 한다. 특히 기차에서는 창문을 통해 밖으로 던지면 밖에서 기다리고 있던 사람이 받아 도망친다는 이야기를 들었다. 기운이 쫙 빠진 우리들을 향해 갑자기 엄마가 웃음을 터뜨렸다. 나도 피식 웃음이 나왔다.

"하하, 이렇게 황당한 일이!?"

화를 낸다 해서 해결될 일이 아니었다. 화 내고, 짜증 낸다 해서 우리가 그 가방을 찾을 것도 아니니까! 어떻게 보면 가장 무거운 가방이 사라졌으니 우리는 이제 짐으로부터 해방이다! 아싸! 그까짓 것 사실 다 조금 더 편하게 여행하려고 욕심부려서 들고 온 물건들인데 없어졌으니 조금 불편해질 뿐이지만 무거운 가방 든다고 짜증낼 필요도 없고, 짐 하나 덜었으니 너무 홀가분했다! 이 나라가 어떤 나라인가? 인도 사람들의 정신적인 지주인 마하트마 간디의 '무소유' 정신이 살아있는 나라가 아니던가? 훌륭한 가르침 하나 받았다고 생각하면 더 큰 이익인 것을, 스스로를 위로했다.

우리는 한바탕 웃고, 짐을 찾으러 다녀 너무 지친 나머지 잠을 청하려고 했다. 하지만 고락뿌르까지 가는 15시간 동안 기차가 잠시 쉴 때마다 경찰이 올라와서 물었다.

"마담! 가방을 잃어버렸지요? 왜 그랬죠? 어떻게 하죠?"
나중에는 가방을 안 찾아도 좋으니 제발 더 이상 찾아오지 말았으면 했다. 밤새 달리는 기차에서 잠이 들다가도 경찰이 찾아와 깨우는 바람에 놀라 일어나기를 수십 번은 했을 것이다.

"인도 신이시여! 가방이고 뭐고 제발 잠 좀 자게 해 주소서!"
고락뿌르에 도착하자 다시 경찰이 와서 함께 가자고 했다.
'당신들 때문에 잠도 못 잤는데! 이 더운 날 또 같이 가자고?'
파출소에 가서 또 다시 잃어버린 경위를 이야기하란다.
우리는 아예 퍼지르고 앉아서 갖다 주는 음료수를 먹어 가며 느긋하게 설명을 해 주었다.

"뭐, 그 안에 이것도 있었고…, 저것도 있었던 것 같고, 아! 그것도 있었네~. 뭐…, 그랬어요. 또 뭐 궁금한 건 없나요?"

더 이상 싸울 일도 없고 짜증낼 일도 없으니 인도인들 보다 더 여유로운 사람들이 되어 있었다. 오히려 신기하게도 경찰들이 더 성화였다. 한가하게 오늘 중으로 부처님께서 열반하신 쿠시나가르로 가기만 하면 되었다. 하지만 한 경찰이 왔다 가면 잠시 있다 다른 경찰이 오고, 그러기를 세 시간이나 잡혀 있다가 그대로 있다 가는 사흘도 좋을 것 같아서 가야겠다고 일어섰다.

경찰은 우리에게 뭔가를 작성하여 주었는데 그것은 가방 도난 증명서였다. 나중에 알았지만 우리가 여행을 떠날 때 항공티켓에 여행자 보험이 자동으로 들었다고 한다. 그래서 분실 증명서가 아니라 도난 증명서가 필요했는데 경찰은 친절하게도 그걸 작성해 주었던 것이다. 처음에는 경찰이 우리를 원숭이 보듯 구경하기 위해 잡아놓고 골탕 먹이는 줄 알았는데 그들의 의무를 완벽하게 하기 위해 조회하느라 시간이 걸렸던 것이다.

덕분에 우리는 생각지도 못했던 보답도 받고 많은 감동도 받았다. 감사해요! 우리의 가방을 선물로 받아가신 그 분도, 그리고 선물의 보답을 그 분 대신 해준 경찰님들도.

시원하게 헤엄을 치고

저 정글 속으로 들어가

구석구석

뛰어 다니고 싶다.

어떤 것이 있을까?

어떤 동물이 날 기다리고 있을까?

돌 밑에는 뭐가 있을까?

진흙탕에서 미끄럼틀을 만들어 놀아도 될까?

내가 올라 갈 수 있는 나무도 있을까?

무슨 곤충을 밟게 될까?

내가 무거워서 아프지는 않을까?

어디쯤 소가 똥을 숨겨 뒀을까?

혹시 원주민은 있을까?

포카혼타스에 나왔던

할머니께서도 계실까?

늘어뜨린 나무에 올라 앉아 있으면 악어도 올까?

저 조그마한 집 안에는 따뜻한 짜이가 있을까?

나무로 만든 통나무 배도 있을까?

밤이 오면 구름이 오겠지?

아침이 오면 나무 사이로 햇살이 쏟아지겠지?

......

자꾸자꾸 궁금하다.

인도 여행이란

- 어느 시인의 노래

아침 빵 대신에 기도 소리를 먹으며
달리는 시간 위에 브레이크를 밟으며
내 안의 담을 낮게 허무는 노동이며
내 안의 신을 찾아 가는 시간이며
이 세상 그 누구도 영원한 자리가 없다는 것을
깨닫는 공간이며
이 세상 그 누구도 지구라는 뿌리를 벗어나지
않는다는 것을 알아가는 과정이며
시들대로 시든 내안의 꽃들에게
찬물을 뿌려주는 행위이며
내 아침의 뜨락을 정갈하게 청소하는
거룩한 기회이며
때로는 떨어지는 자스민의 향기로 위로받는
시간이며
배 고픔으로 빵 한 조각 소중히 여기는
깨달음이며
가난한 마음 아껴 1루피 박시시 하는
성인을 만나는 거룩한 행위이며
내 안의 새들이 일제히 일어나 노래하며
가 보지 못한 우주별로 떠나는 연습이며

■

오늘은 우정의 날이랍니다. 사실 저도 몰랐어요.
어떻게 알게 됐을까요?

오후 12시가 조금 넘어 맛있는 점심을 먹으러 삐까삔쩍한 패스트
푸드 레스토랑에 들어 갔죠. 너무나 배가 고파서 이것저것 여러
가지 골라 시키고 10분 후에 나올지, 한 시간 후에 나올지도 모르
는 음식들을 마냥 기다리고 있었어요. 그런데 갑자기 레스토랑이
웅성 웅성거렸어요. 마루걸레처럼 생긴 마이크도 들어오고 조명
도 들어오고, 비디오 카메라와 잘생긴 인도 오빠도 들어왔어요.
'뭐하는 거지?'
갑자기 우리에게 다가 오는 그들.

"How do you think about friendship?"

헉! 나 영어 못하는데요. 어쩌지? 그 때 엄마가 옆에서 종이에다 뭔가 적어 주었다. 아하! 이것을 말하면 되겠구나. 하지만 그 짧은 문장도 못 외워서,

"Um…, I think…, hmm.. friend.. ship.. is.. very.. very.. nice!"

라고 더듬더듬 말했다.

'우정이란 건 좋은 거예요' 라는 말을 왜 못 하는 거야? 난!'

하지만 그 잘생긴 인도 오빠는 웃으며 '왜?' 라고 물었다.

미워요 오빠! 난 다시 더듬더듬…,

"Because.. I.. like.. (뭐더라).. friend.. 음, 아! my friend.. 예운!"

표정이 환해진 그 오빠는 '그렇구나' 라는 표정을 지으며 좋은 하루를 보내라고 하며 악수를 청하고 레스토랑을 나갔다.

'방금 뭐가 지나갔지?' 라는 표정으로 나와 엄마는 10초 동안 눈만 껌뻑껌뻑이고 있다가 웃기 시작했다.

"깔깔깔. 우리 티비 나온 거야? 아~ 내 머리 폭탄 맞은 거 같은데! 어떡해? 깔깔! 인도에서 언론사 첫 데뷔를 이렇게 해버리다니!"

거기 아가씨, 아니 꼬맹이
어딜 그렇게 바쁘게 가니?
무슨 일인지는 몰라도
천천히 가도 좋아

" 혹시 너무 바빠서 어디로 가는지
잊어버린 건 아니니?"

스리나가르 도시는 인도의 히말라야 서북쪽에 있
는 산악 주다. 우리는 아무것도 모르고 이곳으로 왔다. 이 도시가
파키스탄과 접경지역이라 외국인 여행자들이 꺼리는 곳인 것도,
언제나 전쟁과 분쟁의 소지가 있는 것도 모두 이 곳에 와서 여행
가이드 책자를 보고 알았다. 머무는 동안 총성도 많이 들렸으며,
여행객들은 많이 보지 못했다.

뉴 쉐린 하우스 보트!

우리가 지낸 달 호수에 있는 수상 호텔 이름. 이 집에는 내 동생하
고 똑같은 나이의 주인 아들 어멜과 형 이크발이 있었다.

스리나가르는 도시전체가 거대한 호수다. 불어난 호수에 시카라
(작은 배)를 타고 드라이브를 갔다. 이 곳은 시카라가 중요한 역할을

한다. 시내로 나가려면 반드시 주인집에서 내어 주는 단 하나의 교통수단인 시카라를 타고 나가야 한다.

시카라 타고 정글 같은 풀숲을 지나갔다. 온통 다 초록빛과 푸른 빛이었다. 길게 늘어 떨어진 나무들과 간간이 내려 쬐는 햇살, 그리고 옆으로는 보랏빛 연꽃이 예쁘게 피어 있었다. 어멜이 한 송이 꺾어 모두에게 하나씩 나눠줬다. 그리고 둥둥 떠서 우리 옆을 지나가던 하얀 오리 다섯 마리에게도 하나씩 건네주었다. 나는 주렁주렁 열린 수세미를 잡으려다 호수 위에 떠 있던 이상한 검은 물체를 발견했다. 놀라 소리치는데 배가 갸우뚱거렸다. 물 속에 놀라는 내 모습과 멀리 히말라야 산맥의 그림자가 선명하게 비치는데 호수가 너무 아름다워 보였다.

다음날 이곳에 들른 보석상인을 만났다. 다들 피했지만 나는 호기심으로 보석들을 구경했다. 여러 종류의 보석들 중에서 정말 아름다운 보라색의 보석을 골라냈다.

"와 이쁘다! 이거 뷰티풀~, 프리티! 나이스!"

"그렇지? 이거 귀한 거야! 내가 중국까지 가서 구한 거라고."

"정말요? 무지 크다. 색깔이 너무 이뻐요. 기브 미, 기브 미!!"

"뭐? 흠, 이건 너무 크잖아."

"줘요, 줘요. 플리즈~ 기브 미?!"

"기다려봐! 이건 어때? 똑같은 건데 조금 더 작은거야."

"우와! 이쁘다. 고마워요! 저 그럼 이거 들고 가는 거에요~?"

"짤로. 마음 바뀌기 전에 들고 가."

"아싸~" 이렇게 고마울 수가.

하지만 아름다운 추억을 뒤로 하고 곧 초조해졌다. 우리는 이제 다른 곳으로 옮겨야 하는데 자꾸만 이상하게 늦어지는 일정이 수상했다. 안내 책자에 있는 '꽃들의 천국' 이라는 굴마르크로 가기로 결정했다. 그래서 매니저에게 말하니 이런저런 핑계를 대며 위험해서 안 된다고 했다. 거기는 너무 멀어서 가는 데만 몇백 달러를 줘야 한다느니, 내일은 천둥과 폭우가 쏟아진다느니, 거짓말이란 거짓말은 다 했다. 사흘을 꼼짝 못하고 배에서 보냈다.

사실 몇 일전, 잠깐 시카라를 타며 지나가다 한국 사람들을 만났는데, 여기서는 주인이 배를 빌려 주지 않으면 이웃집에도 갈 수 없을 정도로 고립되니 조심하라고 충고해줬다. 게다가 요즘은 여행객들이 줄어 모두가 망하기 직전이라 했다. 그래서 여행객이 왔다고 하면 바가지를 최대한 씌워서 돈이 떨어져야 여행객들을 보내 준다고 했다. 아니면 우리 옆집에 있던 프랑스 남자처럼 몇 년 동안 그 곳에 갖히게 되는 일도 종종 있다고 한다.

우리들은 시내에 가야 하니 시카라를 빌려 달라고 했다. 하지만 그들은 또 다시 핑계를 댄다. 다음날도 시카라는 위험해서 안된다는 둥 거절을 당했다. 슬슬 불안해지기 시작했다. 다른 여행객들에게 들은 이야기도 있고 해서 동생도 겁 먹은 표정이다. 나는 한 가지 꾀를 냈다. 어멜에게 한국어를 가르쳐 준다면서 따라하라고 했다.

"나는 바보다."

그는 대답했다.

"나는 really 바보다."

참고로 이곳에서는 귀여운 아들이라는 단어가 '바부'다. 우린 그것도 모르고 이 꼬맹이 이름이 바보인 줄 알고 동생 환묵이와 웃으면서 바부를 놀려 먹었다. '나는 바보다'라고 따라 하는 어멜을 보며 어느새 불안한 마음보다 즐거운 표정이 주인 눈에 비쳐졌다. '걸렸다!'

그동안 이 배 안에서 특식이라며 먹은 음식과 음료수, 심지어 배를 타고 우리 호텔에 온 장사꾼들한테 보석이나 모자, 가방 같은 것들을 은근하게 사게 되어 돈이 부족했다. 숙박비를 지불하고 어서 이 하우스보트를 떠나야 했다.

돈을 찾으러 은행에 간다고 해도 잘 보내주지 않을 것 같아 어멜에게 학교를 구경시켜 달라고 설득했다. 우리의 계획은 맞았다. 학교로 가기 위한 배가 왔을 때 어멜의 손을 잡고 잽싸게 올라 탔다. 주인은 의심의 눈길을 보내더니 매니저를 동행하게 했다. 그러나 시내로 나오자마자 동생은 '만세' 소리쳤다. 그러나 무슨 말인지 모르는 매니저는 검은 눈만 멀뚱멀뚱 하고 있었다. 어멜과 인사를 했다.

"바이바이!(이제 못 볼거야.)"

이렇게 떠나왔지만,
그래도 그 곳이 그리워.
어멜은 이제 누구와 놀까?

■

　　　　　‘굴마르크’라는 ‘꽃들의 언덕’이란 이름을 가진
북인도에서 있었던 일이다. 한 시골을 걷고 있었다.

드넓은 초록빛 초원, 길게 쭉쭉 뻗은 나무들, 그 사이로 흐르는
강. 너무나 아름다운 곳이었다. 우리는 점심을 먹으려고 도시락과
과자를 꺼냈다. 과자를 열심히 먹고 있는데 ‘경품 당첨권’ 같은
게 나왔다. ‘뭘까?’ 싶어서 유심히 쳐다 보고 있었다.
나는 먹던 것이 걸려서 소리쳤다.
“켁! 엄마아~! 이거 자동차 경품 당첨이야!!!”
우와~ 우리는 잔디밭 위에서 뛰어 다녔다. 인도에서 자동차 경품
에 당첨 되다니?

하지만 우리는 이게 정말로 당첨인지, 또 이걸 어떻게 받아야 할지 몰랐다. 우리는 슈퍼마켓 같은데 가서 물어봤는데 주인 아저씨는 유심히 보시더니 자기를 달라고 졸랐다.

"엥? 싫어요~ 이거 당첨 된 거 맞죠? 이거 어떻게 해요?"

"당신은 외국인이잖소. 그냥 날 주고 가요."

우리는 그 가게에서 나와 버렸다. 그리고 이 '큰' 경품 당첨권을 어떻게 처리 할까 곰곰이 생각했다. 우리가 차를 받아서 한국으로 들고 갈 것도 아니고 이걸 받으려고 인도 곳곳을 찾아 다닐 것도 아니고.

어떤 여행자도 경품에 당첨 되었는데 회사에서 자꾸 미루는 바람에 비자가 만료되어 허탕쳤다고 했다. 스리나가르에서 위험에 처했던 우리를 보살펴 주었던 친절한 경찰관 아저씨한테 경품 당첨권을 주고 왔다.

"그 아저씨는 자동차를 탔을까?"

정말 궁금하다.

"제가 묻는 말에만
대답 해주세요."

■

인도의 최남단에서 기차를 타고 켈커타로 가는데
아침 9시에 출발해서 다음날 오후 세시 경 도착했으니 꼬박 30시
간이 걸린 셈이다. 인도 땅은 워낙 넓어서 이동하는 시간이 정말
많이 걸린다.

우리들은 대부분의 여행자들이 좋아하는 일반 침대칸을 탔다. 파
란색 침대가 한 칸에 보통 6개씩 있는데 선반처럼 길게 생겼다.
이 곳에 신발과 가방을 쇠사슬로 묶어 두고 잠을 잔다. 인도의 기
차는 앞쪽에 인도의 상류층이 타는 에어컨 나오는 고급칸이 있기
도 하다. 맨 처음 인도 여행할 때 딱 한 번 타봤는데 추워서 밤새
도록 오리털 침낭을 덮고 잤었다.

긴 시간 동안 기차 안에서 인도 풍경들을 경험했다. 첸나이의 끝

이 안 보이는 파아란 들판에서는 벼를 심고 있었는데 켈커타 근처에는 타작하는 사람들이 보였다. 아무리 넓은 대륙이지만 이렇게 다양함이 공존한다는 데 다시 놀랐다.

기차가 잠시 멈추자 책을 팔러 오는 사람도 있었다. 과일이나 차를 파는 사람들은 많이 봤지만 책은 처음이었다. 어떤 책인지 호기심으로 만화책처럼 된 작은 크기의 책을 사서 '그림만' 보았다.

기차 안에서 만난 이스라엘 언니 힐라레난도 세 달째 여행을 하고 있단다. 이 여행이 끝나면 태국으로 간다고 했다. 우리 앞 좌석의 할머니는 중병인 것처럼 얼굴색이 푸르게 보여 무서웠다.

아들처럼 여겨지는 사내가 열심히 간호를 하는데 한 눈에 효자라는 것을 알 수 있었다. 그들이 내리자마자 우리는 할머니께서 위독하신 게 아닐까 걱정을 많이 했다.

조금 있으니 눈이 초롱초롱한 소년이 올라오더니 우리가 앉았던 자리 밑을 빗자루로 쓸고 있었다. 신발까지 쓸고 갈 것 같아 얼른 내 신발을 집어 들다가 소년과 눈이 딱 마주쳤다. 괜히 깜짝 놀랬다. 자고 일어나 보니 신발이 없어져 버렸다고 했던 어떤 여행자의 말이 생각났기 때문이다. 간이역마다 올라오는 청소하는 어린 소년들이 신발을 가져 가니 조심하라는 충고였다.

기차가 잠시 쉬는 동안에는 내려서 맨손 체조도 하고, 역 주변에서 팔고 있는 과일과 망고 쥬스 그리고 커피를 사서 먹기도 하는데, 중요한 것은 멀리 가면 안 된다는 것이다. 기차는 사정없이 떠나 버린다. 이 때도 가방을 잘 간수해야 한다.

이스라엘 여행객이 소년에게 동전을 주었다. 깨끗하게 청소를 해 주었기 때문이다. 자세히 보니 그 소년은 왼손이 없었다. 뭉텅한 왼손을 감추고 한 손으로 빗자루를 들고 청소를 했던 것이다. 어린 나이에 왜 저렇게 되었을까? 인도에는 아직도 문둥병 환자가 많다고 들었다. 그러니 인도 어디서나 다리나 팔, 손가락이 불구인 사람들을 쉽게 만날 수 있었다.

나는 타이거 비스켓 하나와 망고 쥬스를 꺼내 소년의 오른 손에 얹어 주었다.

네팔에서 왔다는 나렌드라 바하드도 만났다. 직업 군인이라는 그는 친척집을 다녀 오는 길이라며 우리에게 짜이를 한 잔 사줬다. 친절한 아저씨였다.

여장을 한 남자들의 쇼는 놀라움 자체였다. 아침을 먹고 삼층 침대에서 밑을 살짝 내려다 보니 갑자기 한 무리의 사람들이 박수를 치면서 요란스럽게 왔다. 화려한 옷차림과 귀걸이 그리고 진하게 화장한 얼굴. 그들은 이상한 주문을 외우고 괴상하지만 웃긴 춤을 추며 돈을 달라고 손바닥을 내밀었다.

일부러 자는 체하는 앞자리 아저씨 얼굴에 욕을 퍼 붓더니 나를 향해 손을 내 밀고 있었다. 나는 얼른 동전을 집어 주었다. 그랬더니 휙 던지면서 화를 내는 것이었다. 지폐를 달라는 시늉을 했다. 당황하며 호주머니에서 돈을 집어 드는데 20루피 지폐였다. 10루피 지폐가 있었을텐데 그들이 보는 앞에서 찾을 수 없는 분위기였다. 아까웠지만 이미 물 건너 간 돈이었다.

그들이 지나가고 한참 지나 화장실을 가려는데 입구에서 여장을 한 그 사람을 만났다. 무서워서 돌아서려고 하자 한창 돈을 세던 그 사람이 씨익 웃는 것이었다.

나는 'Hi' 인사를 건네고 내 자리로 얼른 돌아와 앉았다.

"히주쿠, 여장남자. 그들의 인생의 목표는 무엇일까?"

가다보면 비가 내리고, 가다보면 바다가 보이고, 또 가다보면 햇살이 반짝이고, 야자수 들판도 보이고, 시골의 움막 같은 인도인들의 집도 보이고, 무수히 많은 사원과 그 앞에서 기도하는 사람들도 보이고, 길에서 잠이 든 수행자도 보이고, 펌프로 물을 푸는 아이들, 그 곁에서 옷을 입은 채로 옷 세탁하는 할머니, 과일과 채소를 산더미처럼 쌓아놓고 파는 상점들, 결혼식을 하는지 꽃 장식으로 얼굴을 가린 신랑이 북적대는 것도 보고, 거리에서 수박 파는 장사들, 홀로 나와 떠도는 소와 개, 귀가 찢어지도록 크게 틀어놓은 음악소리, 트럭 전체를 알록달록 그림을 그려놓고 그것도 모자라 주홍색 꽃으로 운전석을 장식한 타타 메이크의 트럭, 어딘지도 모르는 도시가 지나가고 누군지도 모르는 사람들이 지나가고….

기차 안에서 밤을 맞이하고 보름달을 맞이했다. 달리는 기차에서 창을 열면 기분 좋은 바람이 내 얼굴을 어루만지고 키큰 나무들이 손을 흔들고 달빛 내린 인도의 들판을 감상하고 또 감상하고 오로지 기차 안에서만 30시간을 보냈다.

나에 대해 차분하게 생각할 수 있는 좋은 시간이었다.

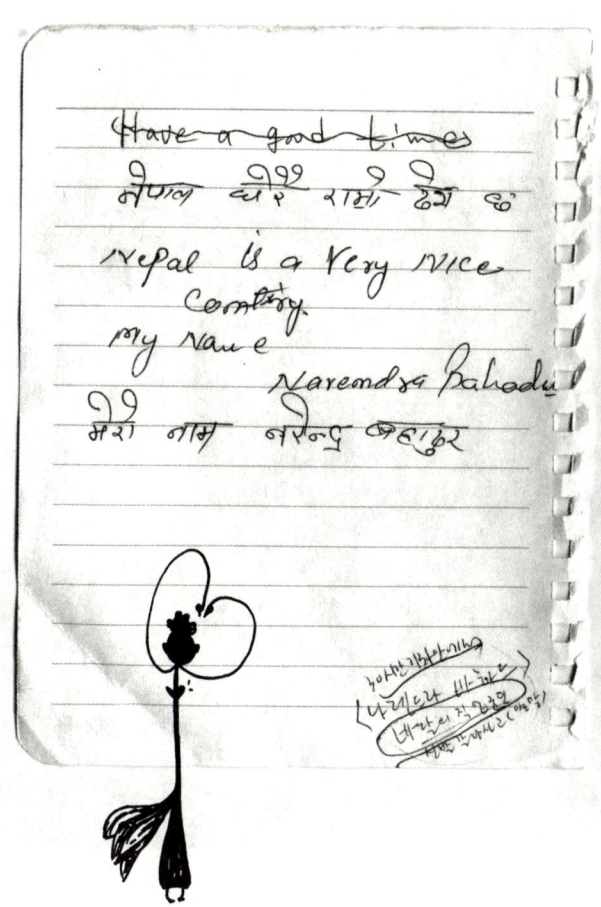

Have a good times

नेपाल एउटा राम्रो देश छ

Nepal is a very nice
country.
My Name
Narendra Bahadu
मेरो नाम नरेन्द्र बहादुर

릭 샤 왈 라   아 저 씨
혹시 저를 잊어 버리시고
짜이를 한 잔 드시고 계시나요?
하 하 ,   괜 찮 아 요 !
그   렇 게   해   서
아저씨께서 행복하시다면
그러세요. 저 기다릴게요.
너무 감동하진 마세요.
사실 어제 아저씨 친구에게
'여유'를 배워 왔거든요.

테 레 사
수 녀 님 을
만 나 다.

■

　　6시부터 미사라고 해서 5시 30분에 일어났다. 켈커타에서 테레사 수녀님의 시신이 안치되어 있는 성 토머스 성당을 찾아 가는데 너무 이른 아침이라 무서웠다. 어둑어둑한 좁은 골목길을 따라 가야했다. 아침부터 릭샤왈라들이 모여 있었다. 우리는 그 중 한 릭샤를 잡아 타고 갔다. 서둘렀지만 도착하니 6시가 조금 넘어 있었는데 커다란 대문이 닫혀 있었다. 아무리 기웃대도 문을 열 수 없어 배회하고 있는데 안에서 급히 나오는 사람이 있어서 겨우 들어갈 수 있었다.

조용히 옆으로 들어가서 맨 뒷자리에 앉아 미사를 드렸다. 금발머리 서양인 신부님이 미사를 주관하고 계셨는데 기도를 하다 잠깐 눈을 뜬 나는 깜짝 놀랐다. 들어가는 입구 자리에 자그마한 체구의 테레사 수녀님이 앉아 계셨다. 흰 바탕에 푸른 줄무늬 수녀복을 입으신 마더 테레사님, 우리가 책이나 엽서에서 많이 보아 온 밀랍으로 만들어 놓은 테레사 수녀님이었다. 꼭 살아 앉아 계시는 것 같아 가슴이 뛰기 시작했다. 그 분의 발에 내 손을 대며 기도했다. 그 때 시계는 7시 경이었는데 갑자기 창문으로 강렬한 태양빛이 쏟아졌다.

하느님의 사랑을 헌신적으로 실천한 가난한 사람들의 어머니 테레사 수녀님!

여기 오기 전에는 마더 테레사가 인도 사람인줄 알았다. 그런데 유고슬로비아 출신이었다. 테레사는 세상에서 가장 가난하고 병에 걸려 고통 받는 사람들이 많다는 인도로 온 것이었다. 1979년 노벨 평화상을 수상했던 테레사 수녀는 상금마저도 가난한 사람들을 위해 사용하는 등 일생 동안 봉사와 희생의 삶을 살아 전 세계인의 존경을 받아 왔다.

수녀님께서는 사랑의 선교회를 만들어 기도와 겸손, 봉사 정신으로 갖가지 자선 활동을 펼치셨다. 또한 가난한 사람들에게 희망과 사랑을 불어 넣어 준 테레사 수녀님은 20세기 성녀셨다.

내가 켈커타를 오고 싶었던 이유 중의 하나가 테레사 수녀님과의 만남이었다. 누가 써놓았는지 성당 벽에 한글로 써놓은 글들이 너무 좋아 얼른 일기장에 옮겨 적었다.

"어제는 지나가 버렸습니다. 내일은 아직 오지 않았습니다. 우리에게 지금 오늘이 있습니다. 그러니 다시 시작 합시다."

"우리가 기도하면 사랑할 수 있고 사랑하면 비로소 봉사할 수 있는 것입니다."
"가장 위대한 겸손은 당신 자신이 아무 것도 아님을 깨닫는 것입니다."

예배를 끝내고 인도의 일반가게에서는 구하기 힘든 말랑말랑한 하얀 빵과 바나나 그리고 짜이를 마시며 사람들과 이야기를 나누었다. 세계 여러 나라에서 온 여행자들이 나무 아래 모여 마더를 떠올리며 담소를 나누는 풍경은 정말 평화로운 모습이다.

어제 식당에서 만난 부산에서 왔다는 고등학교 2학년 오빠가 식사 후 봉사 활동하러 가는 여행자들이 많다고 했다. 우리도 이 성당에 속한 고아원에 가기로 약속 했다.

만나기로 한 오빠가 예배가 끝날 때까지 보이지 않아서 이리저리 찾았는데 없었다. 고아원이 어딘지도 모르고, 말도 잘 통하지 않으니 찾아 나설 수도 없고 해서, 오늘은 못 가나 보다 하고 있었다. 그런데 계단에서 빵을 먹고 있는 오빠를 보았다. 무척 반가웠다. 오빠는 늦게 와서 대문이 잠기는 바람에 밖에 있다가 조금 전에 들어 왔단다.

우리는 오빠를 따라 아우라행 버스를 타고 갈 수 있었다. 가는 동안의 골목길이 얼마나 복잡한지 혼자 가라면 도저히 못 찾아갈 것이다. 오빠는 좁은 골목길을 이리저리 잘도 찾아 갔다. 방학 하자마자 와서 한달 째 봉사활동을 하고 있는 중이라고 했다.

'고아의 집'에는 약 30~40명 정도의 아주 어린 아이들이 있었다. 이곳에는 양자로도 갈 수 없을 정도로 심한 장애 아이들이 대부분이었다. 처음에는 장난감을 가지고 놀아 주기만 했다. 동생과 나는 아이들이 수시로 싸놓은 오줌과 똥을 쉽게 치우거나 씻기지를 못했다. 그러나 오빠는 똥 묻은 팬티를 벗기고 아이 엉덩이를 씻기는 등 능숙하게 잘 처리했다. 이 곳에는 우리들뿐만이 아니라 여러 나라에서 온 젊은 봉사자들이 약 10명 정도 있었다. 그들은 그릇도 씻고 우유도 먹이고, 빨래도 하고 보행기도 밀어주고 우는 아이 업어도 주고, 안아 달라 보채는 아이는 안아주고, 건강해 보이는 아이에게는 글자도 가르쳐 주었다.

볼 수 없을 정도로 야윈 '라주'는 두 눈이 흰 막으로 덮여 있다. 가느다란 손으로 내내 콧물을 닦아 코 밑이 빨갛다. 라주의 가느다란 팔목은 콧물 닦는데도 힘이 들어 보여 내내 안아 주고 싶었다. '다보스리'라는 아이는 계속 칭얼댄다. 아무리 달래도 달래도 울어댔다. 나중에는 화가 나고 짜증이 났다. 그런데 후에 오빠한테 들어 보니 몸 어딘가가 많이 아파서 그렇단다. 얼마나 아팠으면 아무것도 먹지 않고 계속 울어 대기만 할까? 우유 죽을 쑤어서 몇 숟가락 겨우 먹이고 토닥토닥 두드려 주었더니 길고 가느다란 눈썹을 내리고 잠이 들었다.

"불쌍한 다보스리! 잘 자렴."

'카멜'은 한쪽 눈이 툭 튀어 나온 장애다. 처음 카멜의 눈이 무서워 눈을 맞추지 못했다. 그런데 계속 나를 따라 다니며 안아 달라고 우는 바람에 안아 주었더니 잠이 들었다.

'그래, 꿈속에서라도 엄마를 만나 즐겁게 보내렴. 아가야!'

어느 책에선가 보았다. '행복하기 때문에 감사한 것이 아니라 감사하기 때문에 행복해 진다'고…. 아이들을 돌보면서 나는 부모님에게 감사하며 내가 얼마나 행복한 사람인지 느꼈다.

그날 밤 나는 온 몸에 열이 나고, 두 팔은 올릴 수가 없고, 감기 몸살이 나버렸다. 그러나 내일도 가야 했다. 다시 와 달라는 어린 '카멜'과 손가락을 걸어 약속을 한 것이다.

엄마가 주신 몸살감기약 두 알을 먹었는데도, 자다가 일어나고 자다가 일어나고 밤새 열이 펄펄 끓었다. 나는 성당 벽에 쓰인 마더 테레사님의 말씀을 꿈속에도 떠 올렸다.

"불쌍한 사람은 먼 곳에 있는 것이 아닙니다. 주위를 돌아보십시오. 그러면 여러분들은 사랑의 손길을 뻗쳐야 할 사람들을 발견할 수 있을 겁니다."

켈커타는
신의 정원

■

　　이제 켈커타를 떠나야 했다.

40일간의 인도 여행을 마치고 한국으로 돌아가야 했다.

타고르 하우스를 방문하고 릭샤를 타고 숙소로 돌아오는 길이었다. 시장을 지나고 있었는데 갑자기 눈물이 쏟아지려고 했다. 저토록 많은 사람들, 저렇게 예쁜 여자들, 저 맛있는 과일들, 따뜻한 공기들, 간디가 사랑한 가난한 사람들, 타고르가 사랑한 인도 땅, 테레사 수녀가 돌보던 아이들, 이렇게 아름다운 거리와 건물을 두고 가야 한다. 보고 싶은 영화를 다 보지도 못했는데, 맛있는 인도 음식을 다 먹어보지도 못했는데, 저 사막의 태양처럼 다 걸어보지도 못했는데….

인도의 타고르 주소로 엽서 한 장을 썼다.

인도에서는 미소만 가져도 꽃이 됩니다.
인도에서는 꽃이 없어도 신이 됩니다.
인도에서는 약간만 가져도 왕이 됩니다.
인도에서는 아무 것이 없어도 성자가 됩니다.
인도에서는 타고르 시만 알아도 시인이 됩니다.

———

여행길에서 만난 수많은 사람들, 그리고 수많은 낯선 곳들, 먼지 나는 시골길, 로컬 버스를 타고 16시간씩을 타고 여행을 했던 시간들, 뭘 먹어야 할지 이름을 몰라서 '어느 것 할까? 보자!' 주문을 외우며 메뉴 중 하나를 찍었는데 하필이면 매운 마살라가 들어 있다든지 이상한 음식이 나온다든지 해서 못 먹은 적이 많았다. 그래서 아예 비스켓과 물병을 들고 다녔다. 그러다가 굶기는 예사, 우리가 한 달 이상을 견뎠다니 대견스럽다.

누군가가 다시 이런 여행을 하라면 할 수 있을까? 잘 모르겠다. 지금은 발이 몹시 아프다. 머리도 많이 길었고, 신발 굽도 떨어졌고, 짐도 많이 늘어났으며 볼펜심도 거의 닳았다.

우리는 모두 떠난다. 어쩌면 나의 이 여행들이 언젠가 영원히 떠날 것을 대비해서 미리 예행 연습을 한 것인지도 모른다. 이 여행으로 인해서 나는 할 말이 많아졌고 살이 찐 내 일기장 때문에 부자가 되었다. 이제 돌아가면 더 열심히 살아야 한다. 공부도 더 열심히 하고 책도 많이 읽고 친구와 더욱 많은 이야기를 하리라. 들판을 걷고 숲을 걷고 마을을 돌며 먼 들판으로 여행 온 개미도 많이 만나리.

그동안 내 옷을 이루고 있었던 실밥에게도, 낡았지만 건강한 나의 신발에게도, 혹시나 해서 가져갔던 그래서 위안이 되었던 두통약까지도 나에게는 촛불이었다. 촛불은 두려움에서 벗어나도록 밝혀 주었다. 나는 돌아가면 다시 주위를 환하게 밝히기 위한 초를 준비할 것이다.

여행 중에 큰 가방을 통째로 잃어 버려도 좋았고, 바라나시에서 연착되는 기차를 다섯 시간이나 기다려도 지루한 줄 몰랐고, 릭샤 왈라와 실랑이를 벌여도 재미있었다.

우리는 경비를 아끼려고 시설이 조금 더 고급스러운 디럭스 버스 대신 주 정부에서 운행하는 로컬 버스를 타고 다녔다. 이 버스는 우리나라 완행 버스처럼 중간 중간 쉬었다 가는 버스다. 도시와 도시의 이동에는 거의 15시간 이상씩 걸렸다. 인도의 도로 사정이 좋지 않아서다.

그 긴 시간을 버스 속에서 시골 사람들을 관찰하고 창 밖을 구경하며 지루한 줄 모르고 다녔다.

제일 힘든 것이 먹는 것과 화장실이다. 인도 시골에는 자기들 언어를 그대로 쓰기 때문에 음식 주문할 때마다 말은 안통하고 뭘 먹어야 할지가 고민이었다. 우리는 매번 퀴즈 맞추듯 찍었다. 그 때마다 너무 맵거나 이상한 향료로 된 음식이 등장하여 먹는 걸 아예 포기하기를 수십 번, 밥 먹을 때마다 걱정이었다. 언제부턴 가는 아는 음식만 먹고 그 대신 과일을 먹었다. 값이 매우 싼 바나 나를 입에 달고 다녔고, 노랗게 익은 망고를 먹으며 행복해했다. 화장실이 급할 때는 차를 세워서 볼 일을 봐야했다. 우리는 둘둘 말아 감는 치마를 걸치고 다녔다. 치마를 펼치고 재빨리 볼일을 해결하기 위해서다.

그래도 차 안의 사람들 모두가 빤히 바라보고 있는 데는 아연할 수밖에. 그래서 처음에는 소변도 참고 다녔는데 나중에는 차 안의 사람들이 보는 것은 문제가 되지 않았다. 머뭇대다가는 버스가 나 를 두고 인정사정 없이 출발하고 마니까.

CASH MEMO
Saahil Bar & Restaurant
KHOBRA VADDO, CALANGUTE
Bill No. 1947   Date 16|01|04

Qty.	Particulars	Liquor Rs.	P.	Food Rs.	P.
1	Egg fried Rice			50	00
1	Chi fried Rice			60	00
1	Cheese Sandwich			35	00
1	M Water			20	00
	Total			165	
	S. Tax				
	G. Total			165	

Sales Tax extra.
Thank you   Sign._____

켈커타.
맛있는 모모집에서
우리가 이번 여행에서 먹은 밥값을 계산해봤다.
대략 몇 백만 원.
우리 여행비용의 1/3이 음식 값!

'아따 많이도 먹었네.'

햿님이의 각오 _ 096

The day before going to India _ 102

꼴라바 스트릿?! _ 104

The princess de lune _ 108

펠리시아 벵갈로 학생 _ 115

Once in a life _ 120

우리 엄마는 엑스트라 _ 122

해리포트 인터내셔널 스쿨 _ 126

마살라 도사와의 재회 _ 130

INDIA

#03

인 도 와
사 랑 에
빠 지 다

■

　　　　　　인도여행. 2002년 6학년 때 이후로 내가 몇 년 째 조르는지도 모르겠어요. 엄마.

내가 인도를 가는 이유는? 그냥 인도가 좋으니까요. 다른 이유는 생각할 수도 없어요.

지금까지 인도를 두 번 다녀왔는데 그 인도의 매력에 푹 빠진 것 같아요. 엄마가 처음에 절 끌고 가셔서 이렇게 됐으니 책임지셔야 해요! 저는 정말 인도에 다시 가고 싶어요. 인도가 나를 기다리고 있어요.

이번 인도여행! 만약에 가게 된다면 저는 기대가 너무나도 커요. 저번 배낭여행을 떠올리면 조금 후회도 있고 너무 아쉽기도 하기 때문에 이번에는 완벽하게 체험할 수 있다고 생각해요. 뭐, 인도는 알 수 없는 곳이기에 무슨 일이 일어날 지도 모르는 일이지만 요. 하지만 그러기에 더욱 기대 된달까! 다만 또 마담 소리를 들어야 하나, 하는 걱정뿐이에요.

제가 인도에 가면 다른 목표도 많지만 제일 먼저, '체험'이 우선 아닐까 싶어요. 현지인들과 부딪히며 그들의 알 수 없는 마음을 읽어 내기도 하고 저번 배낭여행 때 가장 잘했다고 생각하는 타지마할에 가서 대리석, 보석, 그곳에 오는 사람들 그리고 타지마할을 지은 왕의 사랑도 느끼며 몇 시간 동안 죽치고 있었을 때처럼 인도 문화를 가까이서 겪고 싶어요. 그들의 문화, 전통 등등 이런 거 말이에요.

사실 제일 기대되고 흥분되는 건, 제가 앞으로 어떤 일이 닥칠지도 모르는 그런 모험을 하고 싶어요. 아무리 어려운 일이 있어도, 똥을 밟아도, 손해를 조금 봐도, 저번처럼 커다란 여행가방을 잃어 버린다 하더라도, 거지들과 친구하고 사기꾼과 도둑들도 만나며 많은 사람들을 보고 많은 문화를 겪으며 그렇게 여행 하고 싶어요. 그리고 또 그런 상황을 즐길 수 있는 긍정적인 사고와 용기 또한 생겼으면 좋겠어요. 아, 이런 일이 분명 일어 날 것은 확신해요. 인도는 무슨 일이 일어날지 모르는 곳이니까 말이에요.

처음 인도에 갔을 땐 솔직히 '왜 하필이면 인도야?' 하며 불만도 많았지요. 하지만 지금은 인도가 너무 그리워요. 사실 제가 학교 다닐 때 인도 가고 싶다는 이야기를 종종 했었는데 그때마다 친구들은 인도가 왜 좋냐며 차라리 유럽이나 미국에 가라하곤 했지요.

하지만 제가 애들과 생각이 틀려서 그런지 인도가 좋은 이유를 말하면 고개를 갸우뚱 거리며 '난 싫은데…' 하는 표정을 짓곤 해요. 이런 선입견을 많은 사람들이 가지고 있지요.

그래서 이번 여행 때 일기를 꼬박꼬박 적어서 엄마의 도움을 받아 책을 냈으면 좋겠어요. 인도가 얼마나 재미있는 곳인지 알려주고 싶어 참을 수가 없어요. 어렸을 때 일기 쓰기 싫어했던 제가 많이 변했죠? 하지만 인도에서의 하루하루 경험을 그대로 잃어버리긴 싫어요. 그러니 하루하루 소중하게 꼼꼼이 일기를 적을 게요.

제가 인도에 가면 제일 중요한 의사소통을 어떻게 하시는지 잘 살펴 보셔야 할 거에요. 제가 아는 영어는 모조리 다 써 볼 계획이니까요. 문법이나 어려운 영어는 전혀 필요없었지만요. 많이 배울 거에요.

이번 인도여행에서 인도와 친한 친구가 되어서 돌아 올 거에요. 꼭 보내주세요~! 네?

2004년 1월 2일 10시 48분 아침.

딸 정 윤 올림.

그냥 그들이 자꾸 **보고 싶어요**.

이
번
인
도
여
행
에
서

인
도
와
친
한
친
구
가

되
어
서
돌
아
올
거
예
요

■

　　　"엄마~ 나 옷 어떻게 입지? 이 한 겨울에 반팔을
입을 수도 없고 그리고 두꺼운 옷을 들고 가면 맡겨둘 곳이 없어!
우리가 들고 가는 것은 온통 여름, 가을 옷인데!"
엄마의 대답은 간단하셨다.
"껴입어."
힝~!! 몇 겹을 껴입고 가벼운 외투를 입었으니…. 벗지도 못하
고. 역시 쫄바지가 최고였다. 회색 쫄바지를 얇은 바지 안에 입은
나는 혹시나 이 쫄바지가 밖으로 야금야금 나올까 걱정이 되었다.
오늘 낮에 잠을 자서 그런지 잠이 안 온다. 우리가 내일 일찍 일어
나 비행기를 타고 인도에 도착하면 인도는 저녁 11시가 된다. 그
럼 비행기에서 자고 인도에 도착하면 또 자야 한다.

시차적응!

이건 여행자들의 가혹하지만 항상 해야 하는 여행조건이다. 뭐, 난 잠이 많으니까 걱정은 없다. 다만 저녁 늦게 숙소 잡는 게 힘들지 않을까 싶다. 걱정이 많다. 저녁에는 위험한 사람들도 위험한 것들도 많이 있을 텐데. 하지만 잘 되겠지. 지금까지 해왔던 것처럼. 내일부터의 인도여행, 기대된다. 아마 난 잘해낼 거라 믿는다. 지금까지 잘 해왔고, 이렇게 무작정 왔지만, 인도에 가고 싶어 하는 내 마음은 지금부터 일어날 모든 방해물을 해치울 수 있을 것이라 믿는다. 방해물도 즐길 수 있을 정도의 마음가짐은 옛날에 벌써 준비 해놓았기 때문에.

왔어요 왔어!
내가 인도에 왔어요.
반겨주시는 거죠?

밖으로 나가자 마자, 하나, 둘, 셋!
'으음~', '흡~?', '왓, 뭐야!'
엄마, 나, 동생 차례대로 2004년 인도의 첫 인상을 표현했다.
그러곤 눈을 떠보니 백 명 가까이 되는 인도인들이 출구 앞에서
나오는 사람들을 기다리고 있는지 구경하고 있는지 몰려 있었다.
우리는 우리를 이렇게 반겨주는 것 같아 마냥 기뻤다.
그래도 항상 처음 도착할 때는 가이드가 있었는데, 허전했다. 이

제부터 우리의 힘으로 모든 것을 해결해야 한다.

우리는 우선 제일 착하게 생긴 릭샤 아저씨를 골라 가격을 흥정한 후 '꼴라바 스트릿'으로 갔다. 역시 인도의 밤은 캄캄했다. 릭샤 아저씨는 우리를 한 호텔 앞에 내려주었다. 그 곳은 깨끗하고 좋아 보였지만 2천 5백 루피 가까이 되는 곳이었다. 나와 동생은 너무 피곤해서 그냥 여기서 자자고 엄마를 졸라 댔지만 엄마는 잠시 나갔다 온다 하고 밖으로 나갔다. 5분 후, 엄마는 짐을 챙기시며 "이쪽이야 이쪽! 내일 밥 더 맛있는 거 먹고 싶으면 따라와!"

"네."

우리가 간 곳은 허름한 곳이지만 나름대로 아름답게 꾸며진 곳. 이 곳의 하룻밤 가격은 6백 루피였다. 우리 엄마 대단해요!

방 안은 역시 허름했다. 그래도 아늑하고 좋았다. 엄마와 환묵이는 침대에서 자고 나는 평상에 자기로 했다. 우리는 너무나 피곤해서 옷도 못 갈아 입고 그대로 잠이 들어버렸다.

인도의 첫날을 이렇게 보내다니. 이제 고생길이 훤하게 열렸구나! 하지만 어때? 이렇게 허름하게 다니더라도 인도를 더 볼 수 있고 더 느낄 수만 있다면. 이제 흥분되고 신기하고 재미있는 일들만 끊임없이 일어날 거야! 두고 봐!

행　복　이
겨울잠에서
터져　나오는
들꽃들의 웃음

'인도는 정말 알 수 없는 나라다'고 대부분의 여행자들은 말한다. 한 번 인도를 여행한 사람들은 반드시 다시 오게 된단다. 중독성이 있는 것이다. 그렇다. 인도를 여행하면서 아침마다 설레이는 것을 보면 인도는 확실히 중독성이 강한 것 같다. 계획 없이 다니는 무계획의 여행을 하다가 함피에 갔는데 이곳도 마찬가지다. 여러 곳을 여행 했지만 함피는 조금 더 특별했다. 함피에는 중요한 유적지인 여러 개의 사원이 있다. 특히 아름다운 구조물을 많이 남겨서 예술적인 왕조라는 비자야나가르의 빗딸라 사원에는 '소리 내는 기둥'이 있다.

건물을 떠받치는 56개의 화강암 기둥에서 각기 다른 소리를 내기 때문에 환묵이는 신기한 듯 기둥을 두드려 보았다. 얼마나 많은

사람들이 두드렸는지 기둥이 닳아서 부러져 버릴 것 같은 이 사원도 세계문화유산으로 지정되어 있다.

이 곳은 거의 바위로 이루어진 도시다. 평지에도 산에도 온통 커다란 바위뿐이다. 그래서 보름달이 뜨면 이 지상의 공간이 아닌 듯 숨 막히는 신비로움이 깃들어 있다는 소문도 들었다.

안내 책자를 들고 마땅가 힐에 올라갔는데 힘이 들었다. 더운 날씨에 계속 손수건으로 땀을 닦아 내며 올라가야 했다. 맨발로 돌 위에 올라가면 그대로 족발이 될 것 같은 뜨거운 태양이 우리를 향해 열기를 쏟아 붓고 있었다.

한발 한발 겨우 올라간 바위 언덕 위에도 커다란 바위 덩어리로 이루어져 있었다.

바위 언덕 아래 평지에는 괴상한 형상으로 된 크고 작은 바위들이 벌판을 덮고 있으며 그 가운데를 날씬한 곡선으로 길게 흐르는 초록 강이 있다. 마땅가 힐에서 내려다 보면 초록 강은 예쁜 뱀처럼 구부러져 흐르는데 햇살이 그 강만 집중해서 쏟아지는지 반짝이고 있다.

마땅가 힐 바위 굴에는 오랫동안 구도를 한 노인과 미모의 여인이 살고 있었다. 노인은 아주 나이가 들어 보였으며 가슴과 이마에는 흰 물감으로 그림을 그려놓고 긴 지팡이를 가지고 다니는데 도력이 높은 수행가처럼 보였다. 바위 굴 안을 기웃대자 머리가 긴 서

양 여인이 맨발로 걸어 나왔다. 유럽에서 온 관광객인 줄만 알았던 여인이 사리를 유럽 드레스처럼 입고 원숭이 인형을 아기처럼 안고 있었다. 그녀는 원숭이 인형을 하늘까지 쭉 들어 올리며 돌다가 갑자기 이리 저리 왔다갔다 하며 나폴나폴 춤도 추었다. 완전 정신이 나간 사람인 줄 알고 겁을 내다가 호기심이 발동한 우리는 용기를 내어 그녀에게 다가갔다.

"이 여인, 너무 신비로워 보이잖아요!"

노란 금발 머리에 눈이 푸르른 그녀는 '마리 알레' 라는 프랑스 여인이었다. 이곳 함피에 와서 15년째 살고 있단다. 그녀는 보기 좋게 태워진 피부와 아름다운 자태에 긴 금발 머리가 바람에 날리면 수줍은 미소도 함께 날리는 정말 매력적인 여인이었는데 오른팔에는 커다란 원숭이 인형을 늘 안고 있었다.

그녀는 다시 갓난아이를 데리고 놀 듯 원숭이를 안고 높이 쳐들었다가 뽀뽀를 하고 그러면서 품에 꼭 안으면서 바위 위를 뛰어 다녔다. 벌겋게 달구어진 바위를 아무렇지도 않다는 듯이 맨발로 밟고 다녔다. 무방비로 드러난 목과 두 팔은 햇볕에 발갛게 익어서 오렌지처럼 되었다.

'마리 알레' 는 자신을 '달의 프린세스' 라고 소개했다. 바람이 불면 바람으로 살고 달이 뜨면 달빛으로 살고 있다고 말했다. 수많은 바위가 에너지를 보내면 그녀는 태양을 머리에 꽂고 원숭이를 파트너로 춤을 춘단다.

그녀는 내 일기장에 자신이 쓴 시를 직접 적어 주었는데 영어와

프랑스어를 잘 아는 사람에게 번역을 부탁하려고 보물처럼 잘 간직하고 있다. 그 시가 얼마나 아름다울지 생각하면 몹시 기대된다. 그 시와 함께 그려진 한 여인의 모습은 꼭 예술가가 그린 그림 같았는데 아름답고 신비로운 그녀를 많이 닮았다. 우리는 아쉬운 작별을 하고 바위를 내려왔다. 우리가 다음에 다시 방문하면 그녀가 반겨줄까? 하지만 이것만은 분명했다.

달 밝은 밤이 오면 이 미모의 여인의 흰 스카프가 달을 감아 오며 노래하고 춤추며 바위 언덕을 날아다니고 있을 것이다.

새벽 4시 벵갈로에 도착했다. 새벽이라서 엄청 추웠다. 옷을 꽁꽁 싸입고 꾸벅꾸벅 졸면서 게스트하우스를 찾고 다시 잠을 청했다. 11시쯤 일어나서 오늘 저녁 오로빌로 갈 버스를 예약했다. 예약을 끝내고 나니 배가 고팠다! 또 이곳이 도시가 아닌가? 우리는 맛있는 걸 먹으러 9십 루피를 주고 피자헛을 가자고 브리게이드 로드로 왔다. 브리게이드로 오는 동안 엄청 고통스러웠다. 매연이 장난 아니게 심하고 모래가 일어나 먼지도 심했다. 우리가 오토릭샤를 타고 있을 때는 손수건으로 코를 막아야만 했다. 안 그러면 기침이 심하게 나오기 때문이다. 공기 좋은 시골에 살다보니 조금이라도 오염된 공기는 참기 힘들었다. 그렇게 브리게이드 로드로 도착해서 릭샤에서 내리고 릭샤왈라를 따라 갔

많은 보물들 중
너를 찾아냈어!

다. 그런데 이 릭샤왈라가 어딘지 모르는 것이다.

그때 마침 부부 한인을 만났다. 이 곳에 사는데 시원해서 좋다며 한국 사람들이 많이 산다고 이야기 해주셨다. 그러면서 피자헛을 가르쳐 주었다. 드디어 도착했다. 피자 가격은 싼 편이었다. 우리 나라 돈으로 만원 정도(지금은 2004년이에요오~). 창가 쪽에 앉아서 밖을 내려 봤다. 거리가 생각보다 깨끗했다. 사람들도 많고 크고 고급스러운 건물들이 많아서 멋있는 도시풍이었다. 피자가 나왔다. 조금 짰지만 맛있었다.

우리 옆 테이블에 앉아 있는 가족들이 말을 걸었다. 어디서 왔냐고. 우리는 이야기를 하기 시작했다. 엄마, 아빠, 딸이 있었는데 그 딸은 스물다섯이었다. 그런데 너무 어려 보였다! 그녀의 이름은 펠리시아! 펠리시아는 의사소통이 힘든 나에게 계속 말을 또박또박 하며 잘해줬다. 그래서 우리는 곧 친구가 되었다. 서로 신기하게 쳐다보며 계속 질문공세를 했다. 그런데 그녀가 부모님을 부르는데 깜짝 놀랐다. 갑자기 그녀 엄마와 아빠에게 "엄마! 아빠!"라고 하는 게 아닌가? 우리나라와 똑같은 단어들도 있었던 것이다. 이 가족은 남인도 타밀나두 지역에 산다고 했다. 그래서 힌두어를 사용하지 않고 영어와 타밀어만 사용한다고 했다. 펠리시아는 그녀의 메일 주소와 타밀어와 영어로 나에게 편지를 써주었다. 서로 헤어지기 싫어 우리는 저녁도 함께 하고 저녁 늦게야 아쉽게 작별을 했다.

꼭 다시 만나길 빌면서.

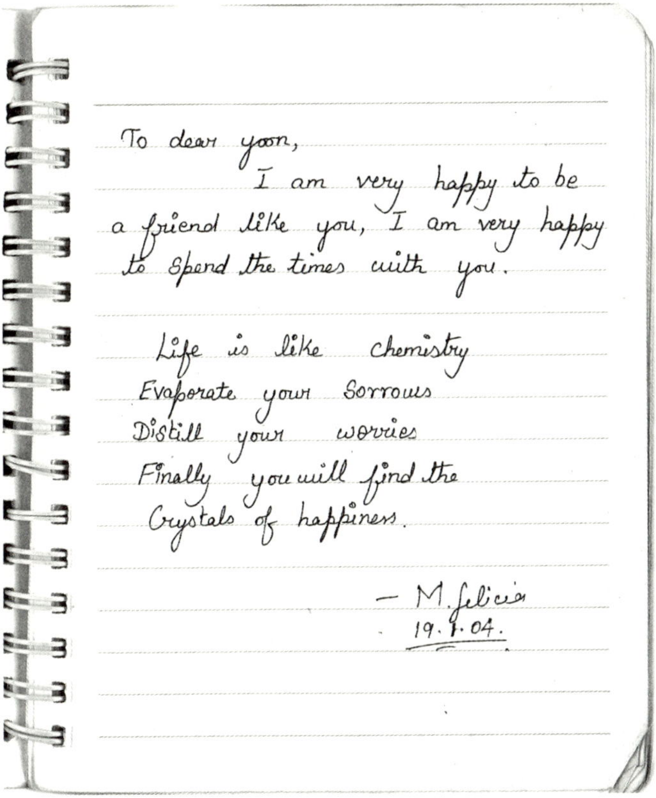

To dear yoon,

I am very happy to be a friend like you, I am very happy to spend the times with you.

Life is like chemistry
Evaporate your Sorrows
Distill your worries
Finally you will find the
Crystals of happiness.

— M. felicia
19. 4. 04.

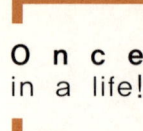

O n c e
in a life!

아침을 먹고 오로빌로 떠나기 전 2시간이 남아서
팅가팅가 할일 없이 놀고 있었다. 그런데 저 멀리서 어떤 유럽에
서 온 듯한 잘생긴 남자애가 오고 있는 게 아닌가! 와우!
이모가 책을 빌렸는데 이 남자애가 대신 갖다 준다 해서 왔다고
한다. 곧 이모는 건네주고 갑자기 날 이상한 미소로 쳐다 본다.
"윤아, 너 도서관 안가봤지? 애랑 같이 오토바이 쌩쌩 타고 도서
관에 좀 갔다와라. 응~? 재미있잖아! 니가 언제 프랑스 친구의
오토바이 뒤에 타 보겠니? 응응? 빨리 가! 마우다~ 마우다~
Take this girl too!"
얼떨결에 마우다 오토바이에 탔다. 쌩~ 오토바이 타는 건 역시
시원하고 스릴있다. 마우다라는 이상한 프랑스 애랑 어눌한 이야

기도 하며 도서관에 도착했다. 마우다는 17살이고 프랑스에서 왔다고 했다! 우와~ 프랑스 학생~ 멋져! 우리는 안으로 들어갔다. 그때까지는 좋았다. 잘생기고 착한 프랑스 친구를 이모 덕분에 만들고 도서관도 구경하고. 그런데! '우당 쾅쾅~!'

5칸짜리 계단에서, 그 낮은 계단 5개, 5칸짜리 계단에서 말이다. 그 곳에서! 떼굴떼굴 구르다 대자로 뻗어버렸다. 그리고 앞에서 날 쳐다 보고 있는 마우다를 발견했다. 그 순간 나는 모든 걸 포기했다. 그러곤 기도를 하기 시작했다.

'신이시여, 당신이 정말로 존재한다면 빨리 오셔서 절 어디론가 끌고 가주세요! 나 마우다랑 안 친해져도 되요! 도서관 더 이상 안 봐도 좋아요! 너무 바쁘시다면 기절이라도 시켜주세요.'

그 때, 마우다가 손을 내밀었다. "괜찮니?"

그러곤 그는 너무 친절하게도 나에게 다른 얘기를 꺼내 나의 부끄러움을 다 잊어버리게 해 줬다. 그 후 계단을 내려가거나 올라 갈 때마다 걱정이 되는지 계속 뒤를 쳐다 본 건 빼고. 게다가 마우다는 아르바이트에 늦었는데 'For you'라고 하며 집까지 다시 데려다 줬다. 잉~ 고마워요!?

집으로 돌아오니 어땠냐, 뭐 했냐 등 질문이 쏟아졌다. 이모에게 '그냥'이라는 말만 남기고 뻗어 버렸다. 그냥 좀 엎어졌고, 그냥 좀 많이 민망했고, 이런 재미있는 추억이 생겼을 뿐. 하하.

그리고 그날 밤, 내 무릎에 있는 커다란 피 멍을 보고 말았다.

'It's okay. Just once in a life!'

우리 엄마는 엑스트라

■

오로빌 ⇒ 폰디체리 ⇒ 티루치 ⇒ 딘디굴 ⇒

버스를 바꿔 타가며 겨우 코다이카날에 도착했다.

딘디굴에서 버스를 갈아타고 코다이카날로 가는 길에 경치가 너무나 아름다웠다. 밑에 큰 호수가 쫙 깔려있고 나무도 숲을 이루어 아름답게 있었다. 코다이카날은 산 중턱에 있는 곳이라서 자꾸 올라갔다. 우리 버스와 충돌하려는 무지 많은 관광버스도 있었다. 가는 길에 돌있는 곳에 호텔 광고하는 간판도 많았다. 도대체 어떤 곳이길래?

코다이카날에 도착하니, 엄청 추웠다. 솔로 몸을 꽁꽁 싸도 차가운 바람이 솔솔 들어왔다. 숙소로 가는데 과일 가게 몇 개가 있었다.

과일이 얼마나 많던지! 석류, 파파야, 키위 같은 거, 바나나, 사과, 배, 패션프룻, 포도, 자두 등등 없는 게 없었던 것 같았다.

다음 날 코다이카날에서 유명하다는 별호수를 찾아갔다. 자전거를 타고 한 바퀴 돌고 있었는데 길가에 영화를 찍고 있는 것을 발견했다. 그래서 걸음을 멈춰 구경을 했다. 신기했다. 주인공으로 보이는 여자는 얼굴도 조그마하고 귀엽게 생겼다. 남자 주인공은 다른 인도인들과 다르게 근육이 많았다.

구경하는데 갑자기 어떤 사람이 엄마와 나보고 엑스트라로 나오지 않겠냐고 했다. 저번에 티비 와서 내가 얼마나 땀 뺐는데! 이번에는 환묵이와 엄마보고 엑스트라로 나가라고 했다. 환묵이와 엄마는 큰 말을 타고 앞을 보며 따각따각 걸어갔다. '컷~!' 한번에 오케이였다. 그래서 엑스트라로 출연하고 '가자라'라는 여주인공과 코디 그리고 제작진들과 친해졌다. 이 영화는 Raam이고 만드는 중이라고 했다. 가자라와 친해져서 메일에 자기 첫 번째 핸드폰 번호까지 가르쳐 줬다. 우와~ 인도에 계속 있고 싶다. 이 영화를 꼭 보고 가면 좋겠다! 코디는 나에게 오더니 계속 롱헤어라고 했다. 쫙 펴진 내 머리가 신기했나 보다. 우리는 두 시간 정도 그들 바로 옆에서 구경도 하고 놀고 있다가 헤어졌다.

내일은 또 무슨 일이 일어날까?

모자 사세요, 모자!
　　　십오 루피에 예쁜 모자 드려요~.
　　　(사백오십 원 밖에 안하는데 좀 사시지…)
　　거기 귀여운 아저씨!
　　제가 오루피 깎아서 십루피에 드릴테니까
　　하나만 사가세요~.
　　땡큐 베리머치. 감사해용.

　　　어이 마담,
　　　지금 남의 가게에서 뭐하는 거예요?

아저씨 왜 이제 오세요~.
벌써 모자를 네 개나 팔았다구요.
저도 쫌 하죠?

오늘은 이상하게도 빨리 일어났다.

아침을 먹고 챙겨서 9시 55분 코다이카날 국제 학교에 갔다. 9시 59분이 딱 되자 오빠가 나왔다.

오빠?

어젯밤이었다.

우리는 맛있는 곳이라 소문난 Royal 티벳 음식점에 갔다. 그 곳에는 코다이카날 학교에 다니는 학생들이 많이 온다고 했다. 들어가니 역시나 학생들이 많이 있었다. 음식도 정말 맛있었다. Beef, 수제비 같은 것도 있었다. 음식을 시키고 기다리고 있으니 한복을 입은 한 학생이 들어왔다. 엄마는 한국 사람이라고 좋아하며 그

예쁨!

← 사진발
진짜잘받음♡

사람을 불렀다. 그 사람은 코다이카날 인터네셔널 스쿨에 다니는
한국인인데 오늘이 무슨 기념일이어서 한복을 입고있다고 했다.
엄마는 당당하게 한복을 입고 있는 오빠를 보며 장하다고 칭찬을
했다. 내일 학교에 가는데 혹시 시간이 있으면 소개시켜 달라고
부탁했다. 오빠가 마침 내일 수업이 조금밖에 없어 시간이 많이
남는다고 했다. 그 오빠의 이름은 이재하. 재하 오빠는 졸업반이
라고 했다. 우리는 내일 아침 10시에 보기로 하고 헤어졌다.
9시 55분 학교에 갔다 경비 아저씨도 있었다.
오빠는 사복을 입고 9시 59분이 되서 나왔다. 이 학교에서는 사복
을 입는다고 한다. 좋겠다아! 우리는 학교 안을 구경하러 들어갔

다. 꼭 대학교 같았다. 과목 음악은 악기 하나를 정해서 배우고 시간표도 학생마다 다 다르다고 한다. 이 학교 학생들의 수가 작아서 일년만 있어도 전교생을 다 알게 된다고 한다. 이곳에는 기숙사도 있는데 여자 기숙사는 학교 안에 있고 남자 기숙사는 밖에 있다. 일인실, 이인실, 삼인실 방들이 있다고 한다.

오빠 설명을 들으면서 구경하고 있는데 갑자기 종이 울렸다. 종이 참 인상 깊었다. 종을 울리는 곳은 한 군데 같은데 얼마나 큰지 학교 내에 다 들린다. 그런데 그 종이 내 바로 옆에서 울리고 있었다. 난 깜짝 놀랐다! 귀를 틀어막고 언제 멈출까 하는데 이곳 학생들이 우르르 나오면서 아무렇지도 않게 바쁘게 이동하고 있었다. 공부시간인데도 자기의 수업시간이 아니어서 잔디밭과 벤치 등에 앉아 공부하고 있는 사람도 보였다. 학교가 돌로 지어져 있어 꼭 해리포터에 나오는 학교 같았다. 큰 돌들이 여러 이루어 만들어진 학교와 낡았지만 고풍스러운 건물들이 해리포터에 나오는 마법학교를 연상시켰다. 꾸불꾸불 미로같이 생긴 길들과 많은 나무들 그리고 옆에 있는 호수까지!

구경을 하고 TEST를 하러 사무실로 갔다. 그 곳에 방문하는 사람이 얼마나 많으면 비지터 센터라고 따로 있었다. ESL(English Second Language) 영어가 부족한 학생들을 위한 영어 클래스.

선생님이 오셔서 인터뷰를 시작했다. 인터뷰도 아니고 그냥 친구처럼 이야기를 하는데 나는 정말로 너무나도 진짜로 신기하게 내가 아는 영어가 술술 나와 이야기를 막히지 않고 할 수 있었다. 세상에 이런 일이? 이 학교에 왜 오고 싶은지, 어떻게 살아왔는 지, 무슨 음식을 좋아하는 지 등 수다를 잘 떠는 나에게는 식은 죽 먹기였다. 이 학교에 와서 잘 적응할 수 있는지 또 부모님에게 떠밀려 오지는 않았는지 등을 묻고 ESL 3등급 중 평가하려는 것 같았다.

이야기가 끝나고 선생님께서는 재하 오빠에게 내 칭찬을 했다. 잘 할 것 같다고 영어 또한 잘 할 거라고. 우리에게 입학 신청서를 주 며 꼭 신청하라고 했다. 학교를 나와 오늘 하루 동안 고마웠던 오 빠와 같이 식사도 하고 정보도 더 많이 들었다. 이 학교에서 공부 해보고 싶다. 여러 인종이 모여 아름다운 학교에서 열심히 공부 하는 모습에 난 반해버렸다.

이제 엄마를 어떻게 조르지?
꼭 이 곳에 오고 싶다.

마살라 도사와의 재회

배가 너무 고팠다. 길을 걷다.
허름한 레스토랑을 만났다.
얼마나 조그만지
인도 아저씨들 다섯 명이 앉아 있으니
더 이상 들어갈 자리가 없다.
친절하게도, 한명씩 자리를 비켜준다.
주춤하며 한 자리에 앉았다.
무엇을 먹어야 할지

하얀 맛없는 빵처럼 생긴 '이들리'는 보기 싫다.
그렇다고 '어느 것을 고를까요?'도 하기 싫다.

멍하니 창밖을 보고 앉아 있으니
오랫동안 잊고 있었던
그가 생각났다.

"혹시. 혹시요. 마살라. 마살라…?"
"마쌀라 도싸~?"
"네! '마살라 도사' (속에 감자와 야채를 다져 넣은 쌀로 만든
   인도식 팬 케이크) 있나요?"
"노프라블럼 마담~"

아. 얼마만이야!
너무 오랫동안
잊고 있어서 미안해.

하지만
내 가슴이 텅텅 비어서 그런가?
오랫동안 못 봐서 그런가?
오늘따라
더 멋있어 보인다.

인 도 는   나 를
'자 유 '라 는 도 시 로
데 려 다   주 었 다

룸비니,
한국 시골소녀와
네팔 시골소녀들의
갓 발굴한 다이아몬드같은
그런… 그런 우정

내 친구들이에요.
염소를 치러 가는
이렇게 귀여운 친구들을
잡고 놀아 달라 떼썼어요.
그래서
삐뚤삐뚤한 돌로 공기도 하고요.
다리 밑에 있던
진흙으로 인형도 만들었어요.
도대체
무슨 말을 하는지!
우린 서로 다른 언어를 쓰며
떠들고 웃었어요.

그래도 난
너가 그렇게 알쏭달쏭한
표정을 지어도
무슨 말을 하는지 다 알지롱?
니 눈이 너무 넓고 깊어.
다 보이는 걸
너는 몰랐지?

가지 않는 길

— 프로스트

노란 숲 속에 길이 두 갈래로 났었습니다.
나는 두 길을 다 가지 못하는 것을 안타깝게 생각하면서,
오랫동안 서서 한 길이 굽어 꺾여 내려간 데까지,
바라다볼 수 있는 데까지 멀리 바라다보았습니다.

그리고 똑같이 아름다운 다른 길을 택했습니다.
그 길에는 풀이 더 있고 사람이 걸은 자취가 적어,
아마 더 걸어야 될 길이라고 나는 생각했었던 게지요.
그 길을 걸으므로, 그 길도 거의 같아질 것이지만.

그 날 아침 두 길에는
낙엽을 밟은 자취는 없었습니다.
아, 나는 다음 날을 위하여 한 길은 남겨 두었습니다.
길은 길에 연하여 끝없으므로
내가 다시 돌아올 것을 의심하면서….

훗날에 훗날에 나는 어디선가
이야기할 것입니다.
숲 속에 두 갈래 길이 있었다고,
나는 사람이 적게 간 길을 택하였다고,
그리고 그것 때문에 모든 것이 달라졌다고.

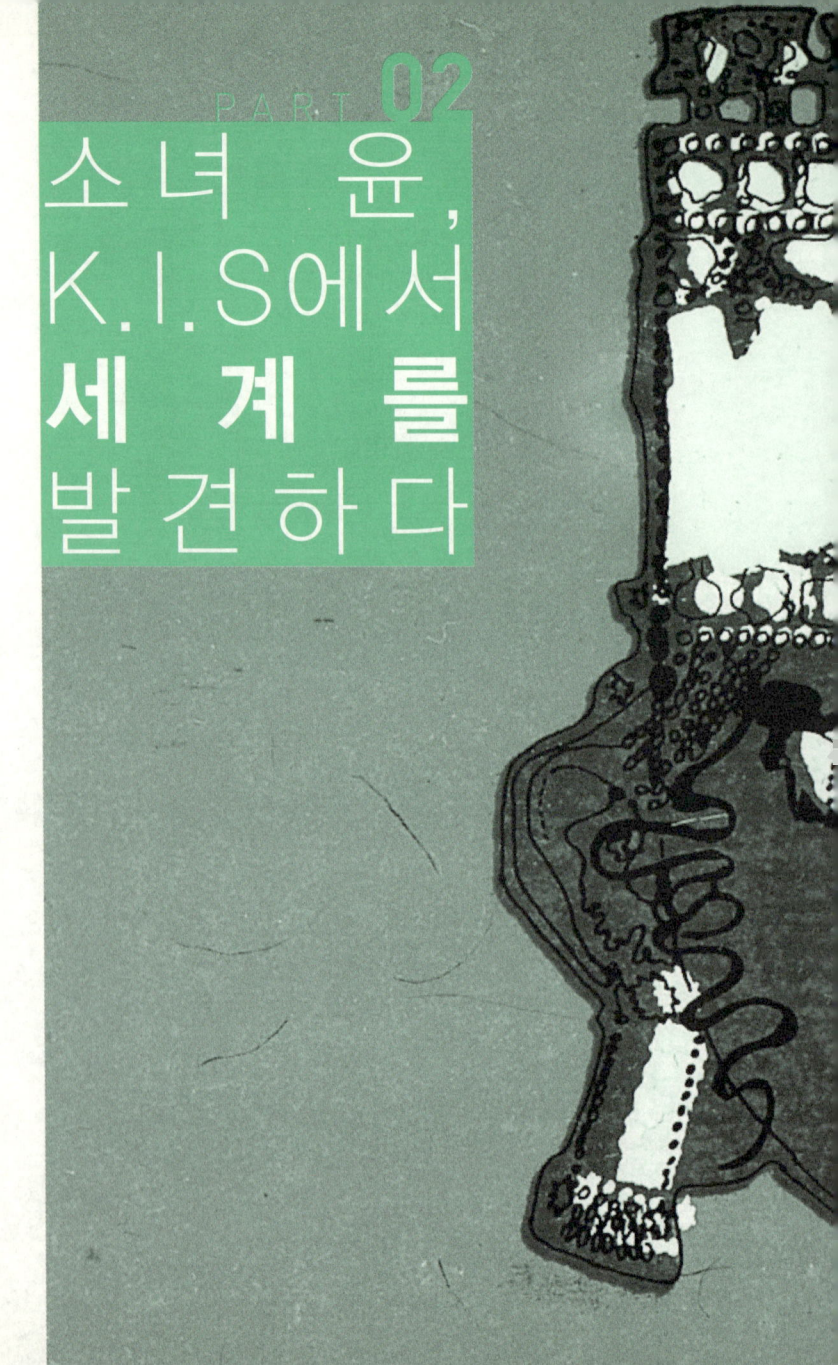

소녀 윤,
K.I.S에서
세 계 를
발 견 하 다

이 학교에 꼭 가야만해 _ 143
진짜 시작, 입학식 _ 148
나는 할 수 있다 - ESL코스 C⁻에서 A⁺까지 _ 153
수학시간… 맞죠? _ 161
시니어와 프레시맨의 저녁 공연 _ 166

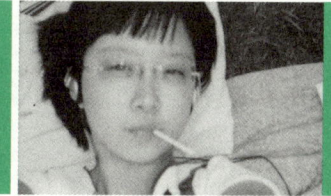

04

좌충우돌
국제학교
적 응 기

너는 자라서 촛불이 될 거야

-할머니가 들려주신 옛날 이야기-

아주 깊은 산골에 한 아이가 태어났다.

농사를 지으면서 소박하게 살아가는 마을 사람들.

아이의 돌잔치가 열렸다.

보살 할머니의 축복.

"아이야! 너는 자라서 세상을 밝히는 촛불이 될 거야!"

아이는 마음에 보살 할머니의 예언을 나무처럼 심었다.

초등학교가 멀어서 힘이 들어도,

친구가 놀리면서 때리고 달아나도,

중요한 시험에 F학점을 받아도,

촛불이 화를 내면 안 되지.

촛불이 울면 안 되지.

촛불이 절망하면 안 되지.

나는 촛불이니까.

자신을 불살라 주위를 환하게 밝히는

누군가의 태양이 되기 위해 빛을 모으는

오래 타기 위해서는 건강한 몸통을

불이 꺼지지 않도록 굳은 심지를

할머니의 말씀 나무는 자꾸자꾸 자라고 있다.

"아이야! 너는 자라서 촛불이 될 거야!"

이 학교에 꼭 가야만 해

인도여행이 드디어 막을 내리고 한국으로 돌아오자 갑자기 바빠졌다. 컴퓨터를 키고 인터넷을 키고 코다이카날 국제 학교의 홈페이지에서 입학 원서를 다운받았다. '프린트'를 꾸욱 눌렀는데 종이가 쉬지 않고 나왔다.

"어? 도대체 몇 백장이나 있는거야?!"

학교 입학 신청서는 어마어마하게 많은 양이었다. 순간 당황한 나는 이걸 어찌해야 할지 막막하기만 했다. 스테이플러도 안 찍힐 만큼 많았다. 나는 그 많은 종이들을 한 파일에 넣고 하나씩 꺼내서 보기 시작했다. 그런데 아는 단어가 하나도 없는게 아닌가? 'application'에서부터 'admission'까지. 영한사전, 한영사전, 영어사전, 국어사전 등 사전이란 사전은 모두 총 동원해 내 옆에 두고 하나씩 적기 시작했다.

"아버지 이름, 어머니 이름…. 오케이~! 근데. 이건 뭐지? 아, 직업인가? 잉?!"

계속 막혔다. 한 달에 걸쳐 학교를 다니며 입학 신청서를 작성했다. 엄마, 아빠께서 보내주시든 말든 우선 합격부터 하고 보자는 심정이었다. 모르는 게 있으면 잉글리시 클리닉 '지미'에게도 물어보고 학교 영어 선생님에게도 물어보며 열심히 했다. 머릿속은 터질 것 같고 아는 단어는 하나도 없고 사전들은 다 헤어져 나갈 것만 같았다.

하지만 사실 이건 정말 재밌는 일이었다. 몇십 장이 되는 종이들을 파일에 넣고 하나하나 넘기며 영어로 문서를 작성하고 있는 나는 너무나 멋있어 보였다.

나의 기본정보를 다 써가니 학교에 관한 요구가 있었다. 지난 3학기 동안의 성적표와 재학 증명서 그리고 추천서도 필요했다. 이제는 나 혼자 감당할 수 없는 상황이 왔다. 엄마께 말씀드리고 나는 우리 염선희 담임 선생님께 가서 상담을 드렸다. 그런데 사실 무서웠다. 내가 아는 언니가 뉴질랜드로 유학을 가려고 학교 담임선생님과 교장 선생님을 만나 상담을 했는데 교장선생님께서는 바로 부정적인 결론을 내리시며 추천서 조차도 써 주시지 않아 속상했다는 이야기를 들은 적이 있기 때문이다. 하지만 나의 걱정과는 달리, 염선희 선생님께서는 들으시자마자 잘했다고 격려 해주셨다.

"윤아는 잘 해낼 거야. 선생님은 믿는다."

교장 선생님도 잘된 일이라며 긍정적으로 고려해 주셨고 몇 년 동안 나에게 영어를 가르쳐 주셨던 전연화 선생님께서 성적 증명서에 추천서까지 해주시고, 모두 최선을 다해 도와주셨다.

학교 요구 사항을 다 끝낸 후 병원으로 달려갔다. 어릴 때부터 예방접종 받은 사실들을 도시소재 종합병원까지 가서 영문으로 발급했다. 학교 신청 원서비를 보내고, 가족 정보, 나의 에세이, 건강 진단서, 생활 기록부와 성적표, 추천서 등 수십 장에 달하는 입학원서를 다 작성하여 우체국에서 항공우편으로 발송했다.

황무지의 계절 사월이 지나고 여왕의 계절 오월이 왔다.

나는 기다리고 또 기다렸다. 하루에 메일을 수십 번도 더 열어 봤다.

어느 날 학교를 마치고 집에 도착해 휘청휘청 하던 나. '아무것도 없겠지, 오늘도' 하며 메일을 열었는데 편지가 와 있었다.

"두근두근. 합격이 아니면 어떡해?"

하지만 나의 걱정을 비웃기라도 하듯 당당한 합격 통지서가 발송되어 있었다.

"아싸!!!!!!!!!! 엄마! 나 합격! 합격이야!!"

그 안에 또 다른 몇 십장의 문서가 들어 있었다. 학교 학기 수강료와 또 학교에서의 룰에 대한 서약서, 입학식 날 참석 안내와 준비물 통보 등을 받았다. 인도에 절대 딸을 안 보낼 것만 같았던 우리 아빠도 눈물을 글썽이시며 수고했다고, 가서 많은 경험도 하고 많이 배우고 오라고 허락을 해주셨다.

우리 반 친구들한테 이별 인사를 나누어야 했다. 고마운 선생님께 인사를 드릴 때에는 눈물이 쏟아 졌다. 선생님은 그 풍성하고도 부드러운 몸으로 나를 안아 주시며,

"우리 윤아! 다시 말하지만 넌 잘 해낼 거야. 열심히 하렴."

그리고 덧붙이시는 말씀,

"윤아! 다음에 혹 잘 되어서 'TV는 사랑을 싣고' 같은 프로에 나가서 날 꼭 좀 찾아다오."

눈물을 글썽거리는 나를 다시 웃게 하셨다. 그리고 마지막 날. 우리 반 친구 잔디가 수업 중에 화장실에 같이 가자고 했다. 나는 무슨 일이지 하며 따라갔다. 그리고 다시 반에 들어오는데 문영이와 유미가 자꾸 다른 반에 갔다가 왔다가 나를 데리고 다니더니 겨우

우리 반으로 갔다. '와' 하는 함성과 함께 우리 반 친구들이 노래를 불렀다. '정들었던 친구여' 인가? 미리 준비한 깜짝 이별 인사. 나를 화장실에 데리고 가는 동안 이별 파티를 준비한 것이다. 울먹이는 나에게 친구들은 돌아가면서 쓴 편지를 읽어 주었다. 그때 다 같이 울면서 먹은 초코파이는 잊지 못할 것이다.

나는 학교운동장을 따라 천천히 한바퀴 돌았다. 처음 입학하던 날 교복을 단정하게 입은 단발머리 소녀가 기념사진을 찍던 정든 학교를 떠나야 한다. 고마운 선생님들, 고마운 친구들 안녕!

2004년 7월 7일.

인도를 가본 적이 없는 아빠와 같이 내가 다닐 코다이카날 학교의 입학식에 참석하기 위해 아침 9시 첸나이로 향하는 비행기를 탔다. 싱가폴에서 다섯 시간 정도 체류했다. 아빠를 모시고 싱가포르 공항 2층에 가서 내가 좋아하는 초밥을 사드렸다.

"아빠! 유학 보내 주셔서 감사하는 마음으로 제가 사는 거예요!"

유학을 간다니까 외할머니, 삼촌 등 친척 분들이 용돈을 많이 주셨기 때문에 탁자가 돌아가면서 먹고 싶은 음식을 내려서 먹는 초밥을 근사하게 한 턱 쐈다.

다시 비행기는 날아서 늦은 밤 12시 경에 인도 첸나이 공항에 도착했다. 이모부께서 마중을 나와 계셨다. 인도가 처음이신 아빠는 역시 공항을 나서자마자 갑자기 불어오는 인도의 열기에 숨이 막힌다면서 더위를 걱정하셨다.

'아빠, 걱정일랑 마시라니까요.'

이모 가족과 함께 코다이카날 학교를 향해 달렸다.

가면서 경치가 아름다운 곳에서는 잠시 머물렀고, 사람들이 몰려 있으면 시골장이 서는 지 궁금해서 멈추고, 여행을 하듯 시간을 즐기면서 코다이로 달렸다. 잠시 멈춘 길가에서 '타이거'라는 유명 메이커의 인도 비스킷과 5루피(우리나라 돈으로 백 4십 원 정도)하는 인도 산 차인 '짜이'를 마시면서 얼마나 달콤한지 두 잔이나 마시곤 했다. 역시 아빠도 코다이카날을 올라가는 꼬불꼬불 험한 산길을 보고 감탄을 하다가도 걱정을 하시고 걱정을 하시다가도 감탄을 하셨다. 코다이카날의 밤은 추웠다. 잠을 잘 때는 이불은 물론 옷을 있는 대로 껴입어도 춥다. 미리 알고 가지고 간 전기담요 덕분에 편히 잘 수 있었다.

입학식 날이다.

높은 위치여서 날씨 변덕이 심한데 오늘은 입학식을 축하하는 메시지를 전하러 온 태양이 맘껏 웃어 주었다. 아빠와 엄마는 정장을 입으시고 나도 단정한 옷을 입고 학교에 갔다. 숙소에서 학교까지 가는 길에도 많은 사람이 우리들을 쳐다보았다. 이곳 사람들과 아이들은 코다이카날 국제 학교가 '꿈의 학교'라고 했다.

아름다운 교문을 들어서자 마치 파티에 온 것 같은 화려한 차림의

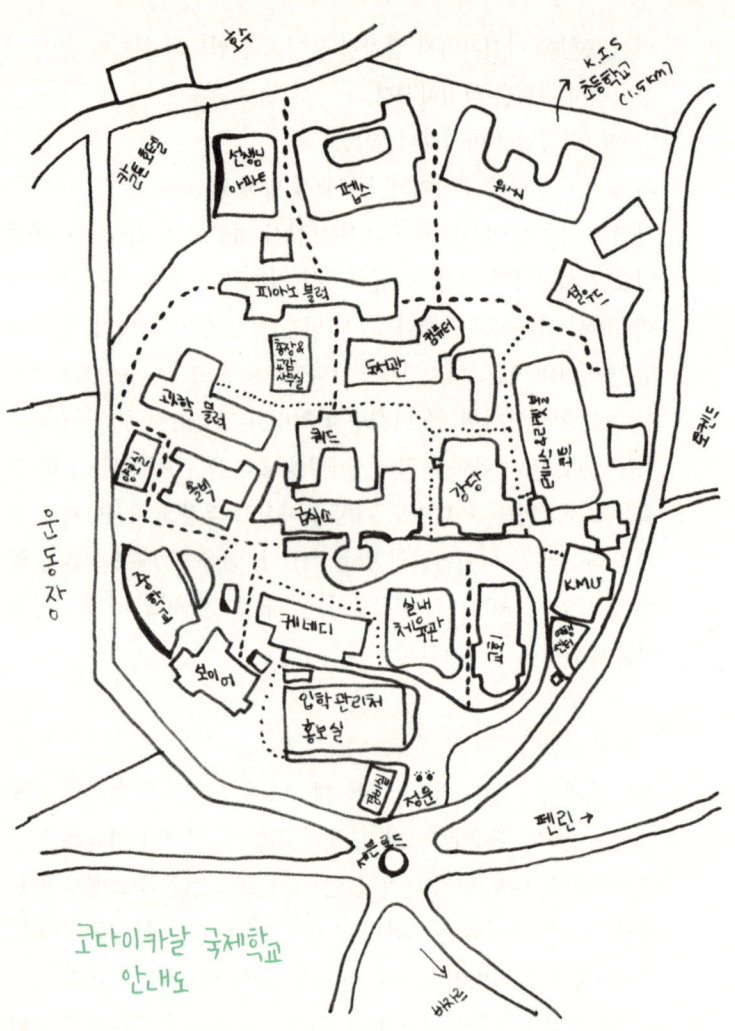

군다이카날 국제학교
안내도

학부모님과 자녀들로 붐볐다. 고급스러운 옷을 멋지게 입고 온 부모님들은 이 곳에 있는 사람들이 대부분 귀족들이라는 걸 보여주었다. 하지만 그것도 잠시, 다 똑같은 대우를 받으며 기숙사 배정도 받고 학교의 교과 시간표도 짜야 했다. 우리 가족들은 영어가 부족해서 그 곳에서 한국 대표로 도움을 주고 있던 다정이와 광준이 오빠의 도움을 받았다.

코다이카날 국제 학교는 초등학교, 중학교 과정과 고등학교 과정이 있는데 고등학교 과정은 9학년부터 12학년까지다. 나는 9학년 1학기로 입학하게 되었다.

한국의 친구들은 봄 학기부터 1학기로 시작하지만 우리 학교는 가을 학기부터 시작하니 한국 아이들보다 한 학기 늦은 것이다. 학교 구석구석을 구경하며 다니다 학교에서 제공하는 시험을 봐야했다. 실력 테스트여서 여러 과목들의 높은 레벨 반과 낮은 레벨의 반으로 지정된다.

기숙사로 왔다. 내가 있는 곳은 케네디 기숙사다. 기숙사마다 이름이 있는 게 신기했다. 보통 여자아이들의 기숙사는 이 큰 학교 안에 모두 있고 남자들 기숙사는 학교 밖에 곳곳에 있다. 기숙사에 소지품을 정리하는데 앞으로의 생활이 많이 기대된다. 우리 기숙사는 보통 두 명씩 방을 쓴다. 나의 룸메이트는 인도 최남단 깐냐꾸마리에서 온 '디피카' 라는 친구였다. 학교에서는 언어 향상을 위해 한국학생과 같은 방을 주지 않는다. 인도 친구는 어느새 자신의 엄마, 아빠 사진과 동생 사진을 책상 위에 올려 놓고, 서랍도 깔끔하게 정리해 놓고 사라졌다.

기숙사는 기다란 네모 모양인데 건물 가운데가 작은 네모 모양으로 뚫려 있다. 라임 나무와 아름다운 꽃들이 정원을 이루고 있었다.

학교는 내일 모레부터 시작한다.

부모님은 내일 아침에 떠나셔야 한다.

안녕히 조심히 내려가세요. 엄마, 아빠.

소녀 윤, START! START! REALLY START!!

■

　　　　많은 유학생들처럼 미국의 학교나 어학연수 과정
을 거치지 않고 한국에서 바로 날아온 나는 학교를 다니면서 영어
를 배울 수 있는 코스가 필요했다. 대부분의 국제학교에 ESL (English
Second Language) 시스템이 있듯이 우리학교에도 ESL 수업이 있다.
모국어가 영어가 아닌 학생들을 위해서 제2외국어로 영어를 가르
치는 수업이다.

우리학교 ESL 코스는 초급, 중급, 고급으로 나누어져 있는데 내가
들어간 중급은 6일에 일곱 번 정도의 수업이 있었다. 그래서 어떤
날은 하루에 두 번 수업이 있기도 했다.

ESL 담당선생님의 이름은 미스터 깁슨인데 첫 수업부터 그 선생
님의 자유분방한 가르침을 볼 수 있었다.

선생님은 책상을 옆으로 다 치우신 후 우리를 (ESL에 있던 학생들은 대부분 나와 같은 때에 들어 온 한국 친구들이다) 둥글게 앉게 하셨다. 그리고 갑자기 무릎을 두 번 치고 손바닥을 두 번 치라고 하더니, 노래를 부르기 시작 했다. 물론 처음엔 무슨 말을 하는지 전혀 몰라서 바디 랭귀지로 따라해야 했다.

"we will we will rock you."

'황당~! 저 선생님 뭐야. 이상하잖아.'

너무나 당황한 나는 속으로 그렇게 생각했다. 첫 번째 수업은 한국에서의 영어 시간처럼 인사를 곁들인 자기소개를 하며 무사히 끝낸 듯 싶었다. 처음 만난 미스터 깁슨은 재미있고 성격도 좋아 보였다.

'앞으로 많은 시간을 같이 보낼 선생님인데 잘 따르고 열심히 해야지'라고 기특한 생각을 했다. 하지만 문제는 다음날부터 바로 시작되었다.

나는 서울이나 큰 도시 쪽에서 온 애들보다 공부가 힘들었다. 물론 이곳에 오기 전에 열심히 영어 공부를 했지만, 이곳의 내 또래 아이들보다 영어 실력이 많이 부족한 건 사실이었다.

스코틀랜드 억양을 쓰시는 미스터 깁슨의 말을 알아듣지 못해서 항상 멍청하게 있었고 옆에 있는 친구들한테 재빨리 물어보면서 따라 가려고 노력을 했다. 하지만 미스터 깁슨은 내가 대단히 산만하고 또한 건방지다고 생각하셨던 것 같다. 자꾸 옆에 있는 애랑 말한다고 핀잔을 많이 들었다. '치! 아무것도 모르면서 화만 내!' 시간이 많이 지난 후, '그때는 왜 그랬을까?' 생각하면 어이가 없지만 말이다. 그러나 처음에는 정말 미스터 깁슨 때문에 스트레스를 심하게 받았다. 스코틀랜드에서 온 미스터 깁슨은 나와 항상 다투면서 수업을 하다보니 원수처럼 되어 버렸다.

어느 날이었다. 선생님께서 얼굴을 붉히실 정도로 몹시 화난 듯한 표정이었다. 영문도 모른 채 조용히 문을 열고 자리에 앉은 나에게 선생님은 갑자기 뭐라고 화난 듯 큰 소리로 말을 하는 것이었다. 나는 갑자기 당한 일이라 무슨 소리를 하는지도 모르겠고 '이크! 또 내가 무슨 중대한 잘못을 저질렀구나.' 당황했다. 내가 아무 말도 못하고 '왜 그러시죠?' 하는 듯 선생님을 빤히 보고 있으니 옆에 있는 친구가,

"너는 늦게 와서 왜 미안하다고 안 하냐고, 지금 깁슨이 그걸 묻고 있잖아?" 그래서 나는 앞으로는 꼭 사과의 말씀을 드려야겠다고 생각하며 기어 들어가는 목소리로,

"쏘리~ !" 했다. 선생님은 못 들으셨는지 더 화난 표정이셨다.

"왜 늦게 왔지?" 큰 소리로 또 물으셨다. 나는 앞 시간의 수업이 늦게 끝났고 그리고 이 교실은 너무 멀어서 늦을 수 밖에 없었다고 말씀 드렸다. 하지만 날아오는 건 핀잔뿐~!

"그건 변명일 뿐이야. 한 번만 더 늦게 오면 지각 처리하겠어!" 솔직히 이런 일이 한두 번 있는 일은 아니지만 이 교실은 정말 멀리 떨어져 있었다. 그때는 어쨌거나 내 부족한 영어로 잘 설명하지 못해서 선생님의 질책을 무방비로 들을 수밖에 없었다.

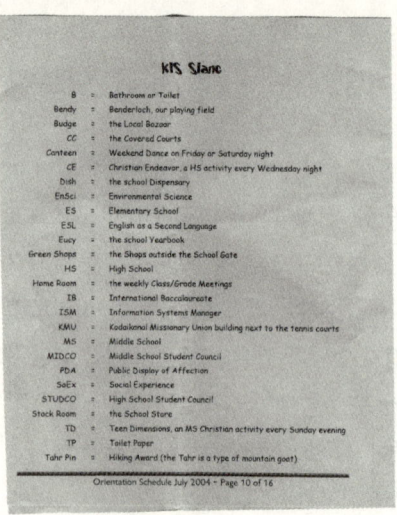

어느 날 깁슨이 준비물인 종이를 들고 왔나, 안들고 왔나 확인을
하고 계실 때였다.

선생님께서 우리들에게 준비물을 가져오라고 하셨단다. 그것도
모르는 나는 또 이게 또 무슨 날벼락이 떨어질 징조인가 싶어 불
안해지기 시작했다.

두리번거리다가 옆에 있는 친구한테 살며시 물어 보았다.

"그 종이를 왜 들고 와야 했지?"

"선생님께서 어제 몇 번이나 강조하며 말씀 하셨잖아."

'아~ 나~ 진짜, 언제 말한 거야~ 짜증나!'

또 선생님께 혼이 나고 말았다.

'아~ 억울해~ 선생님은 내가 영어를 못하면 좀 도와주던가 하시지. 그러고도 영어 못하는 아이들을 가르치시는 영어 선생님이신가?!' 나는 반항적으로 변해가고 있었다. 한국에 있을 땐 학교에서 선생님께 혼난 적도 거의 없던 내가 매일같이 꾸중을 듣다니! 그 후로도 미스터 깁슨은 수업이 있을 때마다 잘 알아듣지 못하는 나만 콕콕 찍어내시며 자주 야단을 치셨다. 왜 나만 영어를 그렇게 못하냐는 식으로 기본적으로 다 알아 듣는데 내가 안 하는 거라고 생각하는 것 같아서 나는 점점 화가 났다. 선생님을 존경해야 하지만 이런 식으로 영어를 잘 하지 못하기 때문에 일어나는 실수를 가지고 혼을 낸다는 것은 참을 수가 없었다.

내가 할 수 있는 한 최대한 실수하지 않으려고 노력하면서 선생님께는 내가 왜 그렇게 행동을 했는지 당당하게 이유를 말씀드렸다. 돌아오는 건 꾸중밖에 없었지만 말이다. 당시 나로서는 부족한 영어를 잘 할 수 있도록 노력하며 적응하는 일이 최우선이었다.

첫 번째 쿼터,

'오오 하느님도 무심하시지!' 내 점수는 C⁻였다.

나와 함께 왔던 친구는 A를 받고 미소를 피우고 있을 때 나는 충격 속에 참담하게 쓰러져 있었다. 분명 나는 수업에 참여하려고 노력을 했는데, 그리고 정말 열심히하려고 노력했는데 결과는 왜 이것 밖에 안되는 걸까?

내가 다른 아이들보다 확실히 영어실력이 떨어지긴 했다. 처음부터 영어 실력은 형편없었고 학교 적응은 해나가야 하고, 선생님은 나만 야단치는 것 같아 많이 힘들었다. 생각해 보면 깁스 선생님께 주로 항의하는 학생은 언제나 나였다. 그러다 보니 성적이 그럴 만도 하구나 생각이 들었지만 그래도 억울했다.

'내가 잘못한 것을 분하게 여겨라' 라는 말을 떠올리며 그때부터 내 결심에 불을 붙이기 시작했다.

수다쟁이였고 눈치도 없던 나는 아무 외국인한테나 가서 말을 걸고 친해지기도 하고, 나중에 들은 얘기지만, 때로는 많이 귀찮게도 했다. 그래도 영어가 아주 조금씩 늘어가고 있었다.

또한 영어실력을 키우는데 가장 큰 도움을 준 디피카~! 룸 메이트였던 디피카한테도 시도 때도 없이 말을 붙이면서 친해졌다. 물론 처음에는 친해지기 힘들었지만 조금씩 조금씩 같이 수다도 떨고 재밌는 이야기도 하다보니 친해지더군! 어떤 계기가 있었는지 기억도 안 나지만, 지금은 Best Friend!

또 방학 때 뭔가 공부를 해야 할 것 같아서 학원에 가서 토플 공부를 했다. 다 모르는 단어뿐! (지금 보면 기초 중의 기초지만!) 하루에 단어를 몇십 개씩 외우면서 큰 아버지 댁에서 겨울에 한 시간 동안 지하철을 타고 학원을 다녔다. 학원에서 도대체 뭐라고 하는 건지. 모르는 단어가 너무 많아서 알아 들을 수도 없었다. 하지만 몰라도 무조건 하다 보니 뭔가 점점 분위기를 파악하면서 알아들을 수 있었다.

다음 학기였다. ESL과정이 그래도 가장 수월한 수업이기 때문에 좋은 점수를 얻어 내려고 노력했다. 선생님께도 질문을 많이 하기 시작했다. 그리고 뭔가 이해를 못했을 때는 수업이 끝난 후 곧바로 선생님에게 물어보았다.

"조금 전 수업시간에 말씀하신 게 무슨 내용이죠?"

그러면 선생님은 황당한 표정을 잠시 뒤로 하고 다시 친절하게 설명해 주시곤 하셨다. 솔직하게 잘 모른다고 도움을 청하면 무엇이든지 잘 가르쳐 주려고 노력하셨다. 하지만 무엇보다도 디피카의 도움이 가장 컸다. 그녀는 나에게 완전 지원 천사로 보였다.

"디피카~ 시간 있니? HELP ME~! 밥 사줄게!"

"오우 케이~!"

착한 그녀는 내가 에세이를 써야 하거나 프리젠테이션을 해야 하는 날이면 늦게까지 도와주곤 했다. 에세이 숙제가 다음 날 제출 마감이면, 내가 적어놓은 에세이 내용을 보고 직접 단어 철자도 고쳐주고 문법도 고쳐 주었다. 그리고 프리젠테이션이 있는 전 날에는 밤 늦도록 연습하는 걸 다 들어주며 발음이 이상하다, 소리를 높여라, 이 부분은 강조해라 등등 정말 많이 도와 주었다.

결과는 A⁺이었다. 그 학기의 첫 번째 쿼터에는 A⁺를 받았고 두 번째 쿼터에는 A를 받았다. 그리고 어느 날 선생님께서는 날 부르셨다.

"윤! 난 정말 감동했어. 왜 이렇게 너의 영어가 Improve 된거지? 특별 공부라도 했나? 시간 안에 써야 하는 에세이도 완벽하게 하고 이야기도 잘 하고 수업에 참여도 잘 하고."

"방학 때 토플 공부를 좀 했어요."

"잘했구나. 많이 늘었다! Keep it up!"

성적의 하이라이트는 마지막 시험에 있었던 에세이 결과였다. 기숙사에 들어가다 깁슨 선생님을 만났다. 선생님께서는 내가 F를 받았다며 무지 얄미운 표정을 지었다! 하지만 내가 오만 인상을 다 일그러뜨리자 선생님께서는 환하게 웃으시며,

"I was kidding! You are the only one who got A$^+$! Congratulation!"

A$^+$를 오직 나 혼자 받으며 깁슨 선생님께 기분 좋은 칭찬을 받았다.

"윤! 윤의 에세이가 최고야."

내 친구 디피카 덕분이었다.

나는 디피카를 끌어안으며 몇 번이나 고맙다고 했다.

그 후 내가 ESL을 졸업한 후,

'깁슨 선생님! 처음에는 제게 너무 심하게 대하셨지요?'라고 장난을 걸면 깁슨 선생님께서는,

'뭐 그 때는, 그 때는 말이야.'

말을 잇지 못하시며 막 웃으신다.

그래도 선생님과 다투면서 늘어나는 영어 실력도 결코 무시할 수 없었다고 생각한다.

인도에서 고등학교는 9학년부터 12학년까지다.

9학년에 유학을 왔던 나는 프레시맨이었다.

처음 학교에 와서부터 얼마나 실수를 하고 다녔는지 모른다. 저녁에 잠옷을 갈아입을 때마다 내 종아리, 허벅지 옆 등등에 있는 푸른 멍투성이를 보고 룸 메이트인 디피카는 놀라곤 했다.

"윤, 너 뭐했니? 괜찮어?"

책상 모서리에 골반 부딪히고 길가다 텅텅 빈 시멘트 구멍에 빠지고, 잔디밭 구멍 파인데 걸려서 엎어지고, 사물함에 팔 부딪히고 등등 셀 수도 없다. 어느 날은 수업에 늦어서 30개 정도 되는 계단을 막 뛰어 올라가고 있었는데 발을 헛딛어 대자로 쭉 뻗으면서 엎어진 적도 있었다. 뒤에 오던 남학생이 동그란 눈을 더 동그랗게 뜨고 물었다.

"괜찮아요? 병원에 가야하지 않나요? 어떡해~!"

"괜찮아요, 나 진짜 괜찮아! 걱정마요!"

뒤도 안 돌아보고 뛰었던 기억도 있다. 괜찮기는! 뛰어 가면서 얼마나 부끄럽고도 아픈지 눈물을 찔끔거렸는데. 저녁에 샤워 하는데 주먹만한 파란 멍이 들어 있더만.

적응하느라 바빴던 나는 이런 것들을 사소하게 넘겼기 때문에 밤마다 멍 투성이와 상처 투성이를 보고 왜 이렇게 됐는지조차 기억을 못했다.

어쨌든 엎어지고 미끄러지고 멍이 들고 상처가 생기고 이런 것들은 그 당시 나에게 일상적인 일이었다. 그 땐 멍을 보며 '옛날엔 이런 거 없었는데! 나 좀 연약해진 거 아니야?' 하며 혼자 킬킬 웃곤 했다.

그 일만 떠올리면 지금까지도 부끄럽고 민망하고 그러면서도 정말 웃긴 실수도 하나 있다. ESL 시간을 마치고 이어서 수학 수업이 있었다. 그런데 수업을 마치면 원래 쉬는 시간이어야 하는데 교실 주변에는 사람이 한 명도 없었다. 그래서 당황한 나와 ESL을 같이 했던 친구들은 '벌써 수업이 시작됐나?' 하고 늦었지만 교실로 들어가려고 했다.

그런데 이상한 것은 모두 프레시맨이었던 우리들이지만 그 교실에 앉아있는 학생들을 한 번도 본 적이 없었다는 것이다. 들어가

지도 못하고 나오지도 못하고 망설이고 있었다. 하지만 이대로 더 늦을 수는 없었다. 조심스럽게 앞장 선 나는 교실문을 살짝 열고 모기보다 작은 목소리로 물었다.

"이 수업, 수학시간 맞죠?"

선생님이 대답하셨다.

"응! 맞는데?"

주춤거리는 나를 보며 앞에 있던 잘생긴 인도 남학생이 날 불렀다. 그러곤 오라는 손짓을 하며 자기 옆 책상을 가리키고 말했다.

"얼른 이리 와서 앉아. 늦었어."

그러더니 의자까지 빼주는 것이 아닌가!

"아! 친절하기도 하셔라."

나는 돌아서서 함께 늦은 친구들을 향해 용감하게 소리쳤다.

"얘들아! 들어와. 수학교실 맞대!"

아이들이 우~ 들어오는 그 순간이었다. 그리고 먼저 온 내가 자리에 앉으려고 하는 그 순간, '땡땡땡땡~!'

교실에 있던 학생들이 폭소를 자아내기 시작했다. 나와 늦게 들어온 친구들은 영문을 몰라 두리번거리고 있을 수밖에.

그러니까 이 수업은 12학년 시니어들의 수학 수업시간이었다. 나는 정말 원망스런 눈길을 그 남학생에게 던지다가 민망해서 나와버렸다. 한 술 더 떠 거기에 있던 처음 본 한국 오빠는 내 머리를 툭툭 치며 한 마디 남기고 가는 것이었다.

"덕분에 즐거웠다."

아직도 잊을 수 없는 사악하신 승환 오라버니. 하지만 그 후로 나의 고민과 대학 진학 문제 등등의 상담을 들어 주시며 착한 시니어가 되어주셨다~! 히히~!

어쨌든 빨개진 얼굴로 수학 수업을 무사히 끝내고 식당 앞에 플레그린이라는 동그랗게 가꾸어진 잔디밭에 갔다. 씩씩대는 나는 아까 일을 회상하며 친구와 하늘을 보며 누워있었다. 그런데 갑자기 친구가,

"어? 그 남자 온다!! 너 가리키는데?"

나는 놀라서 벌떡 일어났다. 뒤를 보니 그 시니어가 다가오고 있었다. '아이! 민망해! 저 사람 여기 왜 오는거야?' 그 사람은 졸업반 시니어였으며 이름은 시드였다. 시드는 진심으로 미안하다고 사과를 했다. 그런데 그의 웃는 모습이라니! 그는 하얀 얼굴에 귀여운 미소를 가진 시니어였다.

나는 원망스런 얼굴을 지었다가 곧 표정을 고쳐야했다. 그의 멋진 미소에 원망은 커녕 화가 온데간데 없이 풀어져 버렸다.

"괜찮아요, 시드! 난 정말 괜찮아 ^^!"

■

　　그후, 더 이상의 실수를 저지르지 않으려고 노력했다.
스케쥴을 착각하고 빼먹은 적은 많았지만 절대 땡땡이는 아니다.
어쨌든 그럼에도 불구하고, 내 실수는 계속되었다. 그 중 악몽같
은 사건 하나는 '시니어와 프레시맨의 저녁' 이라는 프로그램이
있었던 날이다.

이 프로그램은 새로 고등학교에 들어온 프레시맨들이 공연을 하
는 건데, 같은 기숙사에 있는 시니어들이 그 프로그램에서 무엇을
할 건지 정해야 했다. 보통 연극을 하거나 춤을 추며 시니어들이
시키는 걸 무조건 해야 하는데 신고식 같은 것이다. 우리 기숙사
는 시니어들이 춤을 추라고 명령했다. 그때 우리 기숙사의 프레시
맨들은 나를 비롯해서 디피카, 바르티카, 미솔이 총 네 명이었다.

우선 다 같이 인도 코믹 춤을 추면서 등장한 후 한 명씩 무대 중앙으로 나가서 개인기를 발휘하는 춤을 추기로 했다. 우리는 밤마다 모여서 나름대로 연습을 많이 했다. 바르티카는 코믹 춤, 미솔이와 디피카는 섹시 춤 그리고 나는 락으로 결정했다. 우리 기숙사가 상을 받을 수 있기를 은근히 기대하면서!

드디어 운명의 날이 왔다.

첫 번째 바르티카 등장! 바르티카는 그녀의 유머러스한 성격을 살려서 코믹한 동장의 춤을 추었다. 치마 정장을 입고 준비한 코믹 춤은 키가 크고 늘씬한 그녀를 그날 밤 최고의 인기 학생으로 만들었다. 바르티카는 사람들의 웃음과 호응을 많이 받았다. 두 번째는 미솔이었는데 귀엽게 눈웃음을 지으며 미니스커트와 섹시 댄스를 췄다. 머리도 돌리고~, 웨이브도 하고~. 그리고 세 번째는 디피카. 부끄럼을 많이 타는 듯 보이면서도 나름 귀엽고 깜찍한 섹시 댄스로 박수를 받았다. 모두 너무 잘했어.

드디어 운명의 여신이 도와주어야 할 마지막 차례는 나. 나는 '에이브릴 라빈'의 노래에 맞춰 기타 치는 시늉을 하면서 무대 위로 나왔다. 노래에 따라 안무를 연습했으니 어쨌든 그 노래 안무 정한 것만 하면 되었다. 제일 간단하고도 쉬워 보였으며 다른 동작보다는 덜 민망하고 안망가지는 파트였는데! 나는 헤드 뱅잉을 하며 무대 위로 입장했다. 그러곤 무대 위를 한 바퀴 돌면서 미친 듯이 기타 치는 시늉을 했다. 아아~ 반응 좋아! 뛰어 다니며 미리 준비한 안무를 잘 해나가고 있었다. 그런데! 세상에! 날 비추고 있는 환하고 반짝이는 조명들을 본 순간 갑자기, 아주 순식간에 모든 기억이 사라져 버렸다. 사람들의 함성 소리와 번쩍이는 조명이 잘돌아가던 뇌를 멈춰 세웠다. 나는 무대 위에서 2초, 3초, 4초를 가만히 멈춰있었다. 사람들은 고개를 갸우뚱거리며 '왜 그러지?' 라는 분위기로 갑자기 싸~하면서 조용해졌다. 우리 기숙사 시니어들은 완전 초조한 표정으로 손을 막 흔들며 아무거나 추라는 시늉을 하고 있었다.

순간, 눈 앞이 캄캄했다. 이게 꿈인가? 싶었다. 우리 기숙사가 꼭 상을 받았으면 좋겠다고 쫑알대던 친구들이 머리에 떠 올랐다. 나는 정신을 차려야 했다. 연습적 농담조로,

"까먹으면~, 그냥 막 헤드뱅잉하고 뛰어 다녀~! 하하하하~"라고 농담조로 말하던 시니어가 생각났다. 그러곤 어느새 다시 미친 듯이 기타를 치며 고개를 흔들며 무대 위를 뛰어 다니는 나를 보았다.

얼핏 보니 앞에 앉아 있던 우리 기숙사 시니어들의 표정이 더 재미있었다. 많이 놀랬는지 얼굴이 굳어 있더니 어느새 "와~"하며 안심한다는 표정들이었다. 그 짧은 안무를 잊어 버리다니! 생각하면 할수록 너무 웃겨서 입을 벌리고 웃으며 락커가 되어 무대 위를 뛰어 다녔다. 결과는 대 성공! 시니어들이 실수한 부분은 전혀 표시가 안났을 뿐 아니라 오랫동안 연습한 것처럼 잘했다고 했다.

끝나고 친구들과 이밤이 얼마나 힘겹고 그래도 재미있게 보냈는

지 열띠게 이야기를 하고 있었다. 주스도 마시고 재잘재잘 떠들고 있는데 시끄러운 학생들 사이에 흥분한 사회자의 목소리가 미세하게 들려왔다.

"오늘의 일등은~! 로어 보이어! 빗자루를 들었던 마녀들의 싸움!"

나와 친구들은 한숨을 쉬며 그럴 줄 알았다고, 정말 멋지게 했다고 하고 있었다. 그런데 그 때 들려 오는 또 다른 목소리,

"그리고 공동 일위를 한 기숙사 하나 더! 케. 네. 디~~! 축하합니다!"

흥분된 사회자의 목소리가 끝나자마자 난 친구들과 "꺄~!!"비명을 지르며 얼싸안고 뛰어 다녔다. 우리가 얼마나 열심히 했는데! 곧 시니어들도 와서 같이 손뼉을 치고 환호했다.

Everyday in Kennedy – 기숙사 생활 _ 172
Let me introduce my school, K.I.S _ 182
우리학교 특종인물들 1 _ 191
짐카나 _ 196
우리학교 특종인물들 2 _ 199
밥밥밥! _ 204
어렸을 적에 _ 209

깔깔♪

먹고 자고 싸다

05

인도에서
먹고 자고
싸 다

케네디 돔의 아침은 사감선생님 미스. D의 등장에
서 시작된다. 자그마한 키에 긴 머리를 살짝 뒤로 묶으시고 방문
을 살짝 열어 살피시며,

"윤! 디피카!~ wake up!"

이어 '띠띠띠띠' 6시를 가리키고 있는 내 알람시계와 함께 하루는
시작된다. 인도에 온 후 살이 너무 많이 쪄서 다이어트를 시작했
다. 코다이에서 다이어트에 성공할 확률은 낮지만 그래도 '뚱.사.
모.(뚱뚱한 사람들의 모임. 자격조건 무척 까다로움.)' 회원들과 함께 아침마다
운동을 하기로 했다. 아침 6시, 깨어 있는 사람이 없는 듯 조용한
시간이다.

어젯밤을 꼬박 새우며 새벽 5시까지 엄청난 공부를 했을 것 같은

뚱.사.모의 '사'와 남자 친구와 통화한다고 잠을 제대로 못잤을
지도 모를 일 '모'는 깨우지 못했다.

케네디 돔의 새벽은 아주 어둡다. 해가 뜨지 않아 이른 새벽인 줄
알고 다시 잠을 청하곤 했으니 말이다. 그래도 정신이 확 들도록
일어나 창문을 열고 줄넘기를 챙기고 기숙사에서 1분이면 갈 수
있는 테니스 코트로 향한다. 기숙사 대문을 열면 담장에 피어있던

갖가지 꽃들이 놀라 깨어난다.

새벽의 공기는 내 잠을 깨워준다. 테니스 코트에서 달리기도 하고 줄넘기도 하고 스트레칭도 한다. 운동장을 몇 바퀴 돌다보면 캄캄한 하늘이 비켜서고 태양이 떠오르는지 서서히 밝아 오는데 그때가 참 감동적이다. 그러면 우리 학교의 숨은 일꾼들이 한 명씩 학교로 들어온다. 해가 '짠' 올라오기 시작하면 기숙사로 돌아와 샤워를 한다. 물은 언제든지 뜨겁게 준비되어 있다.

일찍 일어나기 싫은 날도 있다. 그럴 때는 침대에서 게으름을 피우며 '오늘 뭘 하지?' 하루 계획을 세우기도 한다.

운동을 마치고 돌아 올 때면 디피카도 일어나 등교 준비를 하고 있다. 곱슬 머리를 공들여 매직으로 펴면서 곧잘 그녀가 하는 말,

"아~ 오늘은 학교 가기 싫어!"

그러면 나는 대답한다.

"아! 나도 가기 싫어. 더더구나 오늘 같이 날씨 좋은 날!"

가끔 늦잠을 자기도 하는데, 그럴 때마다 디피카와 나는 시계를 보고 놀라 동시에 꽥 꽥 소리친다.

"벌써 7시 20분이야!"

비명을 지르며 우당탕탕 일어나는데 기숙사 떠나기 10분전, 화장실로 달려가 양치질을 하고 세수를 하고 있으면 5분 전이라는 종이 울린다. 화장실에서 달려 나와 옷을 챙겨 입고 숙제한 것 챙기고, 그리고 마지막으로 사물함 열쇠를 챙기고 나서는 100미터 달리기를 한다. 기숙사와 학교식당은 1분 거리 안에 있다.

일찍 일어나든 아니든 디피카와 나는 기숙사를 늦게 나오기로 유명하다. 가끔 우리 기숙사 사감님 미스.D께서 기분 좋으신 날이면 '뭐 안 챙긴 건 없니?' 하며 인사를 건네시기도 한다. 그러나 다른 애들도 늦고 우리도 좀 심하게 늦었다 싶으면 쌀쌀맞게 쏘아 대는 말,

"너희들은 일주일 동안 학교 10분 일찍 가도록!"

'내일부터는 일찍 일어나 학교를 가야겠구나!' 하며 매번 반성을 하기도 한다. 그 동안 많이 노력한 결과 요즘은 거의 지각을 않는다.

한국의 내 또래 친구들은 교복을 입지만 우리 학교는 사복을 입는다. 차라리 이쁜 교복을 입었으면 좋겠다는 생각도 많이 한다. 아침마다 입을 게 없어서 고민~고민~!

한 번은 바지를 모두 세탁 보내고 남은 게 없었다. 이리저리 뒤지다 보면 잘 개어져 있는 찢어진 짧은 청바지가 보인다. 그러나 반바지와 찢어진 바지는 우리 학교에서는 절대 용납하지 않는다. 나는 5분 전 종소리를 듣자마자 남아 있던 찢어진 청바지를 입고라도 달려 나가야 했다. 아뿔사! 저 앞에 서 계시는 호랑이 사감 선생님! 미스.D, 그녀의 앞을 어떻게 탈출하느냐가 문제였다. 시간은 없고 바지는 부적절하고 난감했다. 갑자기 쓸만한 아이디어가 떠오른 나는 살며시 미소를 머금고 미스 디에게 다가갔다.

"미스.D! 오늘따라 사리가 너무 멋지게 보이네용~! 그런데 내

예쁜 코에 여드름이 났지 뭐예요. 너무너무 아파용~! 어떡하면 좋지요?!"

미스.D는 내 코만 유심히 살피시더니,

"양호실에 가서 약을 얻어 오는 게 좋겠구나!"

"네! 좋은 하루 보내세요! 땡큐~!"

나는 고맙다는 인사까지 하고 미스.D가 다른 아이들을 돌아보는 사이 얼른 밖으로 뛰어 나갔다. 휘파람 소리와 함께 나타난 나를 밖에서 조마조마 기다리고 있던 디피카 왈,

"천재적인 걸?"

얼마나 깔깔대며 웃었는지 날아가던 작은 새가 놀라서 멈출 정도였다.(정말?)

그렇게 즐겁게 조잘대며 우리는 학교로 향한다. 학교 식당에서 7시 30분경 아침을 먹고 해당 과목 교실을 찾아 가서 수업을 시작한다. 그리고 5교시나 6교시 마치면 점심을 먹는다. 보통 학교 식당에서 먹지만 학교 음식이 정말 마음에 들지 않을 때는 기숙사로 돌아와서 디피카와 바르티카와 같이 한국 라면을 끓여 먹든지 인도 라면 메기를 끓여 먹는다.

나는 몸이 아프거나 그 전날 잠을 못자서 많이 피곤할 때에는 점심을 급식소에 있는 바나나나 오이, 토마토를 먹는다. 그리고 기숙사에서 잠시 잠을 청한다. 약 30분에서 1시간 정도, 오후 첫 시간이 비어있는 시간에 낮잠을 자는데 오후 활동에 좋은 활력제가 된다.

자명종 소리를 못 듣고 그 다음 수업에 늦거나 빠진 적도 있었다. 이 때는 선생님께 사실대로 말하고 용서를 구하며 수업을 보충한다.

선생님들은 우리들을 무척이나 잘 이해해 주신다. 잘못을 하면 편안한 마음으로 잘못을 고백하고 또 뉘우칠 수 있도록 배려해 주신다. 그래서 우리들은 스트레스를 덜 받고 더 열심히 공부할 수 있는 것 같다.

오후 수업을 마치면 친구들이랑 맛있는 걸 먹으러 학교 밖으로 나가든지 아니면 도서관에 가서 밀린 숙제를 하거나 거의 매일 있는 시험공부를 하기도 한다. 그리고 주말에는 골프 연습이나 테니스를 배우러 가기도 한다.

학교 안에서는 할 수 있는 것들이 어느 정도 한정되어 있다. 그래서 주말을 많이 이용한다. 연극이나 영화를 보기도 하고 춤을 추는 날도 있으며, 생일 잔치도 자주 열리고, 카니발에도 참석하는 등 학교에서 만든 다양한 활동들이 늘 우리들을 기다리고 있다.

주중에는 7시 15분까지 기숙사에 돌아와야 한다. 7시 30분부터 스터디홀이 시작하기 때문이다. 스터디홀은 7시 30분부터 9시까지인데 자습하는 시간이다. 스터디홀 시간 중에는 큰 소리를 내지 않고 공부에 집중하도록 엄격히 규정되어 있다.

처음에 이런 '규칙'이 생소했던 나는 꾸중을 많이 들었다. 처음 왔을 때는 숙제나 시험이 별로 없어서 디피카에게 장난을 걸거나

소란스러웠기 때문이다. 선생님께 꾸중도 많이 들으며 이제는 규칙들을 잘 지킬 수 있게 되었다. 또한 공동생활에서의 규칙들은 정말 중요하다는 것도 배웠다.

스터디홀이 끝나면 기숙사에 있는 친구들이 놀러 오기도 하고 가기도 한다. 옆방에 있는 찬드니와 로시니에게 놀러 가기도 하고 바르티카 방에 놀러 가기도 한다. 뚱사모의 자윤이와 수림이 언니, 바르티카나 친구들이 내 방으로 놀러 오기도 한다. 밤 10시 30분은 취침 시각이다. 벌써부터 미스.D는 작고 귀여운, 하지만 항상 느린감이 있는 아스따에게 소리를 지른다.

"아스따! 지금 몇 시인데 아직도 남의 방에 있는 거야? 돌아가서 불 끄고 자도록!"

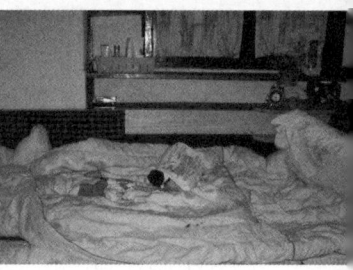

이 학교에 처음 왔을 때 내 모습을 재현하는 것 같아 미스.D가 얄밉기도 하고 아스따가 안타깝기도 하다. 학생들은 방 불은 끄되 스탠드는 켜고 계속 공부를 할 수 있다. 바르티카가 우리 방에 놀러 오면 시간 주체를 못하여 10시 30분이 넘도록 있곤 한다. 무슨 얘기를 하는지는 잘 모르겠지만 우리는 그냥 들어준다. 바르티카의 수많은 남자친구들, 예를 들면 범생이 애인, 줄미 넘버 투, 아니면 에티오피아에서 온 그 아이 이야기를 하곤 한다. 그리고 바르티카는 디피카의 고데기로 머리를 피며 자기가 좋아하는 노래에 맞춰 춤을 추기도 한다.

나는 요가를 하고 디피카는 침대에 잘 준비를 하는데 바르티카는 끊임없이 웃으며 이야기를 한다. 그러다 옆방 친구를 야단치는 미스.D의 소리가 들리면 바르티카는 화장실로 숨었다가 자기 방으로 살금살금 돌아간다. 미스.D는 기숙사 사감이라서 악역을 하기 마련이다. 두 번째의 부모님 역할을 하는 분답게 무섭기도 하고 자상하기도 하고 아무튼 우리를 많이 많이 사랑해 주신다. 방을 지저분하게 하거나 불을 끄지 않거나, 위험하다며 전기 장판을 못 켜게 하는데 들키면 혼이 난다. 가끔은 자정이 넘도록 다 같이 미친 듯이 웃고 놀기도 한다.

세탁할 옷은 모아 두면 '도비'라고 옷을 빨아주는 분이 가져가서 세탁해 준다. 깨끗하게 다림질까지 해서 갖다 주지만 옷이 많이 상한다. 인도 사람들은 세탁기가 없기 때문에 손빨래를 한다. 그런데 바위에 두드려 대면서 옷을 빨기 때문에 고급 옷은 세탁을 맡기기가 두려워 내 손으로 직접 빨고 있다. 어느 때는 가죽 구두를 물로 씻었는지 뻣뻣해진 신발을 들고 미안해진 도비가 어쩔 줄 몰라하며 뻣뻣하게 서 있기도 하지만 무슨 일이 있던간에 항상 당당한 편이다. 양말이나 수건 등등 없어지는 일이 너무 자주자주 일어나니까~!

처음에는 집을 떠나 기숙사 생활을 하는데 솔직히 외롭기도 했다. 그러나 지금은 기숙사만큼 편한 곳이 없다. 일 년마다 바꿀 수 있

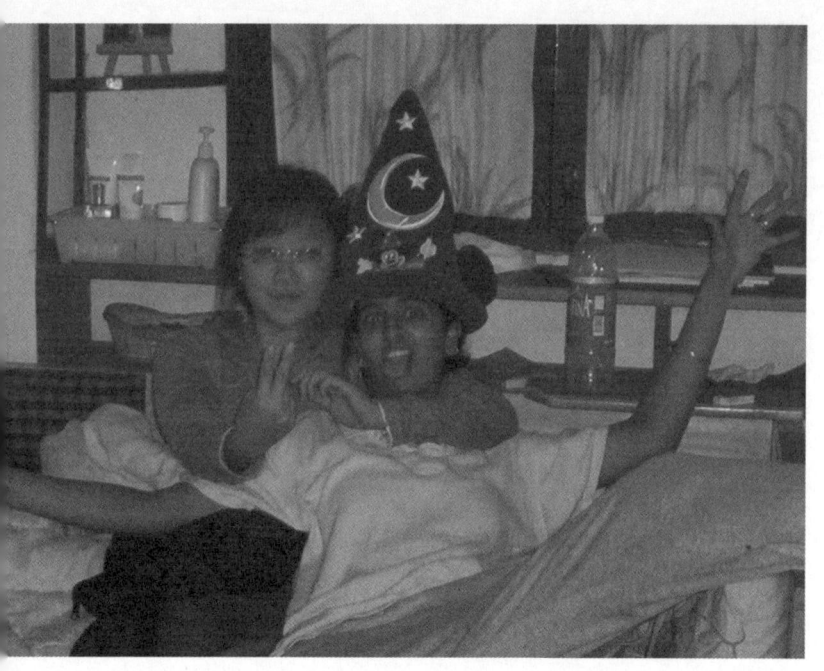

는 룸메이트도 지금까지 바꾸지 않고 잘 지내고 있다. 기숙사에
있는 친구들 모두 재미있고 유쾌하기 때문에 나는 기숙사 생활이
참 좋다.

우리 학교는 코다이카날이라는 작은 도시에 있는 국제

학교다.

코다이카날은 지리산보다 조금 더 높은 산에 위치해 있는데 봄베

이나 델리처럼 많이 발달된 곳은 아니다. 산 중간에 있다 보니 방

학이 끝나서 버스를 타고 산을 내려 가거나 개학해서 차를 타고

산을 올라가면 거의 죽음이다. 꼬불꼬불 산봉우리들을 뱅뱅 돌고

돌아서 몇 시간을 달려야 하기 때문! 밖의 풍경은 끝내주지만 버

스 안에 있는 나에겐 아무 것도 들어오지 않는다. 그냥 빙빙 도는

풍경들이 왔다갔다 어지러울 뿐. 그리고 산 밑에서는 무지 더워서

나시티를 입고 있는데 학교에 도착할 쯤이 되면 추워서 벌벌 떤

다. 산 위에는 기온이 무척 낮아서 저녁에 도착하면 금세 감기에

걸리고 만다. 코다이카날은 큰 편이지만 사람도 별로 없고 번화가도 아니다. 그래서 한국으로 치면 시골이라 볼 수 있지~!

하지만 보통 인도보다 기온이 훨씬 낮고 볼 것도 꽤 많아서 인도인들 사이에 휴양지로 유명한 곳이다. 방학 시즌이 오면 유럽 사람들, 동양 사람들뿐만 아니라 아주 무지막지하게 많은 인도 사람들도 놀러 와서 이 곳에 있는 호텔방이 다 차는 상황이 온다. 그리고 길거리는 빽빽히 사람들로 차있다. 한적한 우리 학교 앞 찻길도 이 때만 되면 차 경적 소리에 귀를 내내 막고 있어야만 하는 시츄에이션!

하지만 방학 시즌이 아닌 다른 때에도 가끔씩 몇일 동안 사람들이 갑자기 많아지는 기이한 현장을 목격한다. 인도 사람들, 외국 사람들, 게다가 한국 사람들까지! 다 같이 모여서 수건 같은 걸 뒤집어 쓰시고 뭔가를 하나씩 들으셨다. 그러곤 똑같은 방향으로 어딘가 향하고 있다. '뭐지?' 딱 보니까 무슨 큰 사진을 한 사람이 들고 간다. 그 사진에는 뽀글뽀글 파마 머리를 하고 눈썹이 진하시고 쌍커풀과 인자한 미소 그리고 통통한 볼살을 가진 40대 후반의 남자가 주황색 옷을 입고 있다. 이 사진은 우리 학교 앞 '타바'라는 레스토랑에 걸려 있는 사진이었다. 디피카가 설명 해주기를, 그 분은 '사이바바'라는 유명한 분이시다. 하하하!!!! 사이바바. 처음엔 무지 웃었다. 이름이 특이 하잖아~! 하지만 설명을 들은

나는 고개를 갸우뚱거렸다. 사이바바님은 인도의 살아 있는 신이다. 그리고 손에서 금을 만들어 내기도 한단다. 우와~, 더 신기한것은 부자인 그의 집이 우리 학교 옆 별호수에 있다는 소문이다!(별호수 옆에 있는 집들은 모두 으리으리~, 엄청 크고 진짜 이쁘고 좋다. 거기 땅값도 어마어마 하게 비싸다던데.) 그래서 사람들이 많이 찾아오곤 한다. 가끔 별호수를 거닐 때 '사이바바의 집인가?' 하며 유심히 들여다 보곤한다. 사이바바는 정말 금을 만들어 낼 수 있을까? 꼭 한 번 만나보고 싶다.

코다이카날에 오면 모두 한 번씩은 들리는 특히 유명한 장소, 그

별 모양의 호수. 우리 학교 바로 옆에 있어서 가끔씩 놀러 가기도
하는 곳인데 시즌 때는 사람들이 넘쳐 흐른다.

별호수는 너무 예쁘다. 나무도 많고, 공기도 시원하고, 해가 질 때
면 노을이 너무 아름답게 지는 곳이다. 그리고 해가 지고 나면 가
로등에 비쳐 호수에 별들이 헤엄치는 듯한 풍경이 된다. 크기도
무지 크다. 한 번은 운동을 한답시고 호수를 한 번도 안 쉬고 조깅
했는데 30분이나 걸렸다. 나중에 다리가 후들거려서 쓰러졌지만
말이다! 빨리 걸어도 50분은 족히 걸린다. 이 곳에 오는 사람들은
자전거를 타거나 오리배나 나룻배를 많이 탄다. 나무로 둘러 쌓여
진 큰 호수에 자전거를 타고 호숫가를 달리면 풍경도 너무 예쁘고

붉은빛 노을이 지고
보랏빛 어둠이 오면

보 고   있 어 도
자꾸   그리워지는   별호수

시원해서 기분이 좋다. 그리고 나룻배를 타고 호수에 둥둥 떠있으면 잠이 스르르 오면서 다른 곳으로 움직이기 싫어 진다. 역시나 호수를 보면 가만히 멈춰 있는 배들이 종종 보인다. 가끔 허락을 받고 놀러 가면 기분이 좋아지는 곳이다.

세계에서 꼽힐 정도로 큰 폭포가 코다이카날 올라가는 중간에 있는데 그곳 역시 유명하다. 학교에 가는 길에 잠을 자고 있다가 살짝 깨서 보게 되었는데 깜짝 놀랐다. 길이는 또 얼마나 긴지. 폭포의 물들이 큰 산 중간에서 거대한 용 같이 내려오는데, 나는 깜짝 놀라고 말았다. 하지만 이 폭포는 물이 흐를 때가 있고 안 흐를 때도 있어서 세계적으로 큰 폭포 순위에는 들지 않는다는 말이 있다.

이렇게 좋은 환경 속에 위치한 우리 학교는 정말이지 최고다. 우선 내가 지내는 곳은 벽으로 둘러싸여 있다. 벽으로 둘러 쌓인 이곳에는 코다이카날 국제 고등학교와 중학교가 있으며 5개의 여자 기숙사들과 1개의 중학생 남자 기숙사가 안에 있다. 고등학생 남자 기숙사는 다 밖에 위치해 있다. 먼 곳은 버스로 운행하고 가까운 곳은 걸어 다닌다. 그리고 작은 병원만한 양호실, 선생님들의 집들, 우리 학교의 숨은 일꾼들의 일터들(학교 은행, 전화부스, 목공소 등등), 교회, 차 정비소까지. 와~! 대충 얼마나 큰 지 짐작이 갈 것이다.(나도 방금 깨달았다, 다 합하면 무지 크구나! 150page 참조!) 내가 처음 이 학교에 왔을 때는 이 학교가 너무 커서 교실을 찾아 다니느라 힘들기도 했었다. 만날 교실 찾으러 뛰어다니고 또 뛰어다니다 자주 엎어지고 온 몸에 멍투성이였다. 그래도 그게 얼마나 재미있었는지! 한 날은 나만의 비밀 아지트를 만들겠다고 친구와 학교 구석구석 좋은 곳을 찾아 다닌 적도 있었다. 그 덕분에 지금은 이 학교 구석구석 모르는 곳이 없다.

또 한 가지 신기한 점! 우리 학교의 벽을 기준으로 해서 학교쪽과 바깥쪽은 정말 천지차이다. 학교 정문으로 나가자 마자 공기의 질이 다르다. 우리 학교는 전체가 나무로 둘러 쌓여있어서 공기가 아주 좋다. 정말 시원하고 상쾌하고 기분이 산뜻한데…. 정문을 나가자 마자 자동차에서 나오는 매연과 텁텁한 바람이 코를 막는다. 방학 시즌이 되면 더 심해진다.

학교 정문 바로 앞은 조그만한 차로가 있고 그 건너편에는 상점들과 음식점들이 나란히 있는데 문제는 이 조그만한 차로를 건너가는 것이다. 좁다고 무시할 수가 없는 이 차도로 차가 너무 쌩쌩 달려서 처음에는 무단횡단을 절대 못했다. 그래서 이곳에 처음 왔을 때는 항상 친구의 옷자락을 잡고 졸졸 따라 다녔다. 같이 가는 인도 친구나 여기에 오래 있었던 친구들은 항상, "너도 여기 일 년만 있어봐!"라고 말하곤 했다. 하지만 그때마다 나는 바뀌는 게 없을 거라 생각했다. 하지만 지금의 나는 너무나 적응을 잘한 걸까. 아니면 나쁜 버릇이 들어가고 있는 걸까? 바로 앞에서 차가 쌩쌩 달려오는데도 느긋하고 여유롭게 옆으로 손을 착! 펴고 고개를 한 번 끄덕여 준 후 차 앞을 당당하게 걸어간다. 아~, 이런, 한 국에서 나도 모르게 이런 실수를 하면 안될 텐데. 크크크.

■

　　　우리 학교에는 여러 나라에서 온 다양하고 특이한
친구들이 많다. 그들은 학교 내에서는 어디서나 볼 수 있는 그저
평범한 학생들처럼 보이지만 인근 나라의 공주, 국회의원 아들,
외교부 장관 아들부터 시작해서 부탄의 백만장자, 천재라고 인정
된 아이, 특이한 이름을 가진 애들까지 꽁꽁 숨어 있다.
처음에는 전혀 표가 나지 않아서 이 아이들을 발견하는 데 시간이
오래 걸렸다. 그 아이들이 다 똑같은 학생들 그리고 친구들로 보
였기 때문이다. 하지만 나중에 선배나 선생님들 이야기를 듣고 깜
짝 놀랐다.
우선 내가 이 학교에 오자마자 접한 이야기는 우리 학교에 '부탄
의 공주'가 있다는 것이었다. 부탄 왕국의 가족관계는 매우 복잡

하여 나로서는 아직까지 이해가 되지 않지만 우리 학년에 있는 그
녀는 어쨌든 그 나라의 여러 공주들 중 한명이다. 그녀는 아주 마
른 체격에 아름다운 얼굴을 가지고 있다. 말수가 적지만 상냥하고
자신의 의견을 논리적으로 잘 말할 줄 안다.

그녀 말고도 공주가 두 명 더 있는데 그들은 모두 프린세스(공주)로
불리는 것을 경계한다. 그들은 스스럼없이 친구들과 잘 지내고 전
교 회장이나 부회장을 하는 등 성격도 아주 좋다. 그래서 우리들
도 그들을 공주라 생각하지 않는다. 가끔씩 친한 친구가 장난으로
'Princess'라고 부르기도 하는데 그때마다 대답 대신 싱긋 웃기
만 한다.
우리 학년에 있는 부탄 남자아이가 격식을 차려 부탄 공주에게 정

중하게 인사를 한 적도 있다. 물론 장난이었고, 그만큼 그녀를 편하게 대하고 그냥 같은 학년의 친구로 잘 지낸다는 얘기다.

이 학교에 와서 또 한 명의 특별한 한국인 친구를 만났다. 미솔이다. 그녀는 중학교도 코다이카날 미들 스쿨을 졸업했는데 졸업할 당시 공부, 음악, 스포츠, 성격 등 모든 것에 뛰어난 학생이 받는 '최고 학생상'을 받은 친구다. 그녀는 고등학교 와서도 모든 면에서 열심이다. 플룻 실력도 훌륭해서 선생님께 칭찬을 듣고, 언제나 스포츠 팀에 있으면서 성격이 좋아서 아는 선배나 후배들도 많다. 하지만 같은 기숙사에서 생활하는 나는 다른 것 보다 공부를 열심히하는 그녀의 모습에 감동을 받는다. 그녀는 그녀만의 특별한 공부 방법이 있다. 보통 우리는 스터디홀 때 공부했다.
그러나 그녀는 스터디홀 타임인 저녁 7시 30분부터 9시까지는 잠을 잤다. 그 후 일어나면 샤워하고 저녁 10시쯤부터 시작해서 새벽 내내 공부를 한 후 아침에 학교 간다. 그 대신 점심을 일찍 먹고 기숙사에 와서 항상 30분씩 잔단다. 처음 미솔이 공부하는 것을 보고 그렇게 잠을 안자면 수업시간에 잠이 올 텐데 걱정을 했었다. 그러나 수업 중에 졸기는커녕 집중력을 총 동원해서 노트에 적고 수업도 진지하게 참여하는 그녀를 보면 대단하다는 생각이 들었다. 도대체 그녀는 언제 자는 거야? 미인은 잠꾸러기라는데. 단발머리 그녀는 피부도 고운 미인이다. 여럿이 같이 공부하는 것보다 혼자 하면 긴 시간을 즐겁게 공부할 수 있다는 그녀는 나를 자극하기에 충분했다. 공부가 안될 때면 도움을 받기 위해 그녀 방을 찾아간다. 그녀가 열심히 하는 모습만 보아도 정신이 번쩍 들기 때문이다.

우리 학교에 모자를 엄청나게 좋아하는 학생도 있다. 그의 아버지는 어느 항공사에서 높은 직위에 계시다는데 아들의 친구들에게 1등석 티켓을 제공해 줄 정도로 집안이 좋다. 그는 모자를 아주 즐겨 쓴다. 그를 만날 때마다 모자가 바뀌는 것은 신기한 일이다. 그와 딱 마주치면 오늘은 무슨 모자를 쓰고 있나? 하며 모자부터 보게 되었다. 그가 모자를 매 학기마다 60개씩 사오고 또 학기가 끝나면 다시 갖다 놓고 다시 60개 사오고 한다는 소문이 있다. 확인할 길은 없지만 그를 볼 때 마다 자꾸 바뀌는 모자에 눈길이 가는 걸 막을 수는 없다.

다음은 이름이 아주 특이한 아이들이 있다. 제일 인상에 남는 이름은 '놀부' 다. '세상에 많고 많은 이름 중에 놀부가 뭐냐?' 고 웃었지만 뜻이 놀부라는 것은 아니다. 그는 나하고 같은 학년인데 네팔에서 왔단다. 운동도 잘하고 싸움도 잘 하는 친구다. 처음 그의 이름을 듣는 순간 믿기 힘들었다.

"놀부."

"YES."

'동생 이름은 흥부지?' 라고 놀려주고 싶었지만 그의 첫 인상이 너무너무너무 무서웠기 때문에 참았다. 세상에 많고 많은 이름 중에 하필이면 놀부라니? 네팔식 발음으로 놀부다. 나는 고민이다. 놀부에게 이 이야기를 해야 하나? 말아야 하나? 우리나라 전래 동화에 나오는 '흥부와 놀부' 이야기를 들려주면 그는 어떤 표정을 지을까? 세상에는 알 수 없는 일들이 많다. 놀부가 네팔에서만 살았더라면, 그래서 한국인을 만나지 않았더라면 그의 이름과 같은 심술 많은 동화 속 놀부 이야기는 듣지 않았을 것이다. 처음엔 이름이 신기해서 놀부 얼굴만 보면 딱 흥부와 놀부가 생각났는데 이제는 놀부라는 이름이 아주 익숙해 져서 흥부 따위는 생각도 안 난다. 이름이 놀부더래도 완전 다른 사람이니까. 놀부는 놀부야~!

이름이 반짝반짝 빛나는 아이들도 있다. '선 샤인(Sunshine : 햇빛)'과 '써니(Sunny : 햇볕이 잘 드는)'. 둘 다 인도인이다. 선 샤인은 아이들이 자꾸 놀리니까 그 이름을 싫어한다. 그래서 다른 이름을 쓰는데, 써니는 모든 아이들에게 써니로 통한다. 또한, 우리 학교에는 황당한 이름을 가진 '코카'와 '딥'이라는 친구들도 있다. 코카콜라를 연상시키는 코카는 파반이라는 친구의 성이다. 그리고 '딥'이라는 것은 니코틴이 들어 있지만 폐에는 지장이 없는 인도 담배 같은 것이다. 그러나 입에 암이 걸릴 위험이 높다고 했다. 마치 우리나라 아이의 이름을 '김 입암' 이렇게 짓는 부모와 같다. 궁금하다. 딥의 부모님은 왜 아들의 이름을 그렇게 지었을까? 딥을 볼 때마다 인도 담배가 자꾸 생각난다. 물론 철자는 다르겠지만….

짐 카 나

짐카나는 우리 학교 매점 이름이다. 우리 매점 아저씨 이름은 '크리쉬나'. 생긴 건 꼭 마리오 게임에 나오는 마리오랑 똑같이 생겼다. 짐카나에 가면 아저씨께서 제일 먼저 '어떻게 지내?' 라고 한국말로 물어본다. 그러면 꼭 '잘 지내' 라고 대답해야 한다. 안 그러면 못 알아 들으니까!

그리고 또 다른 보조 아저씨도 있는데 그 아저씨는 나만 보면 자꾸 타밀어로 말을 건다.

"예쁘리 이리끼링가?(어떻게 지내니?)"

"날라 이르끄!(잘 지내요)"

나는 부끄러워서 계속 웃으면서 대답한다. 그리고 가끔씩 기분이 좋으면 한 마디 더한다. "옌나 *끄빠쎄끼~*(배고파요~)."

그러면 아저씨는 항상 감자튀김 하나 더 얹어 주고 돈도 조금씩 깎아주고(!) 친절하시다. 몇몇 타밀어들이 꼭 욕하는 것처럼 들리지만 그래도 어렵게 배운 말들이다. 디피카가 매일 밤 엄마에게 전화하는 것을 들으며 타밀어가 계속 늘었다.

짐카나는 점심 시간이 시작되면 잠시 열리는데, 점심 시간에는 과자들(레이스, 치토스, 초콜렛, 쿠르쿠레, 뭉달 등)과 아이스크림(오렌지 캔디, 버터스코치, 스트로베리 더블 등)을 판다. 점심을 먹고 아니면 점심이 마음에 안 들면 이 곳에 와서 쿠폰을 내고 사 먹을 수 있다. 점심 시간 1시 15분이 되면 닫힌다. 만약 14분이 되어 닫히면 뒷구멍으로 들어가서 아이스크림 하나 달라고 소리지르면 손이 슥 나오면서 아이스크림을 하나 주는 친절을 베풀기도 한다.

학교 마치고 3시 30분쯤 되면 짐카나가 또 열린다. 이 때는 무지막지 하게 많은 종류의 패스트푸드를 먹을 수 있다. 감자튀김, 옥수수 볶음, 치즈 토스트, 살라미 토스트, 치킨 피자, 야채 피자, 치킨 너겟 등등. 학교가 끝나면 많은 사람들이 와서 북적댄다.

다이어트 중에는 살찔 것 같아 얼씬도 못하지만, 그래도 가끔 짐카나 음식들이 너무너무 맛있기 때문에 올 수 밖에 없다. 가끔 입에 맞지 않는 인도 음식이 나오면 짐카나에서 싸고 배부르게 먹을 수 있어서 좋다. 우리 뚱. 사. 모. 사이에서 제일 많이 나오는 말은, "짐카나 가자~!"

■

Unusual, Shocking ♥ Paragon of teacher！

내가 이 학교에 와서 제일 깜짝 놀랬던 부분은 다양하고 튀는 선생님들 때문이었다. 멋있으시고 페셔너블하신 스페인어 선생님에서부터 천재 피아니스트 피아노 선생님까지. 친구들과 선배들에게 선생님들의 배경과 활약을 들으면 입이 쩍 벌어져서 다물어지지가 않았다.

11학년으로 올라와서 새로 시작한 과목이 하나 있었다. ESL을 졸업하고 진정한 제2외국어를 배우는 것이었다. 독일어, 프랑스어, 부탄어도 있었지만 내가 선택한 과목은 스페인어. 기대에 부푼 마음으로 'Espa N ol'이라 적혀있는 교실로 들어갔다. 맨 앞자리에 앉아 책을 펴고 있던 내 앞에 등장한 분은 놀랍게 아주 멋있게 차려 입으신 스페인어 선생님. 그 학기에 우리 스페인어 선생님께서는 XL 사이즈로 정말 패션리더의 모범을 보여주셨다. 어찌나 그렇게 옷이 많으신지, 빨간 부츠에서부터 검정 가죽조끼까지. 지금은 딸이 임신 중이어서 이 학교를 떠나셨지만 아무도 소화해 낼 수 없는 옷을 멋지게 입으신 인상 깊으신 선생님이셨다.

뮤직 디파트먼트에 계시는 멋있는 분, 우리 학교의 자랑 거리는 바로 피아노 선생님이시다. 미스터 오스트렌더. 나는 피아노 코스를 하지 않아서 잘 모르시는 분이지만 우리 학교에 이 분의 소문은 엄청나다. 처음엔 이 분의 수업을 들은 내 친구들이 맨날 울면서 나에게 오곤 했다. 항상 하는 소리가,

"나 피아노 그만 둘꺼야!!"하며 빨간 눈이 더더더 빨개지곤 했다. 나는 도대체 선생님이 어떻게 하면 학생들이 울까, 하고 이상하게 생각했다. 그러곤 친구들이 하는 이야기는 믿을 수 없었다. 한국에서도 피아노를 꽤 쳤고 칭찬도 많이 받던 친구들이 오스트렌더에게 들은 이야기란!

"너는 내가 가르친 초등학생들보다 못쳐!" 라던가 심지어는

"너는 내가 5살 때 친 것 보다 못치니? 당장 이 방에서 나가서 연습해" 등. 뭐야, 이 선생님. 뭐가 그렇게 불만이시고 얼마나 잘나셨길래? 하지만 그럴만한 이유가 있었다. 이 선생님은 전 세계 피아니스트 중 손꼽히시는 분이라던가! 시드니 올림픽에서 오프닝 반주를 치셨다던가! 어렸을 때 부터 콩쿠르의 상들을 다 휩쓰셨다던가! 그런 분께서 우리 학교에는 봉사활동으로 오셨단다. 오

스트렌더 선생님께서는 전 세계를 여행하신다. 돈이 떨어질 때마다 즉석에서나 공연장에서 피아노 연주회를 열어 돈을 버시고 다시 여행하신단다. 멋있다~! 그 분의 영향을 받고 그 뒤를 따르려는 생각을 가진 사람들도 종종 있다. 우와~!

Atul's Jocular Mood

또 다른 새로운 과목은 경제였다. 나는 아직 어리고 경제에 대해서 잘 몰라서 그런지 관심은 많지만 경제가 너무 어려울 거라고 생각했다. 경제라고 하면 우리나라 경제가 어떠니, 수입이 어쩌니 이런 것뿐일 거니까. 첫 번째 클라스, 나는 40분 동안 깜빡깜빡 선생님 앞에서 졸았다. 어떻게 그렇게 지루할 수가 있는지! 선생님께서 수업을 하시는데 무슨 말씀을 하시는지 잘 못알아 들었다. 다른 언어도 아니고. 선생님 목소리는 또 얼마나 잠이 솔솔 오는 목소리였는지 모른다. 그냥 첫 번째 클라스가 끝나고 앞으로 어떻게 공부 할 건지 막막 하기만 했다. 하지만, 선생님께서 그 클라스에선 내숭을 보이셨던 것이었을까? 서서히 본색을 드러내기 시작하셨다. 하루는 교감 선생님과 잠시 이야기한다고 수업에 늦은 것이다. 아툴 선생님께서는 무슨 이유든 늦으면 정말 싫어하셨다. 나는 교실에 들어가자 마자 긴장된 목소리로 콩글리쉬를 했다.

"Um. I Just went to see the vice principle.(저. 금방 교장선생님 보고. 왔어요.)"

"Oh? really? How does he look? Was he looking good

dah?(교감선생님 어떻게 생기셨니? 보기 좋았어?)"

Appalling Jokes!

우리 학교에는 공포의 유머 감각이 있는 두 분의 음악 선생님이 계시다. 한 분은 내 친구의 어머니시며 피아노를 가르치시는 던칸 선생님이시고 한 분은 현악기를 가르치시는 체트리 선생님이시다. 던칸 선생님은 내 친구 라시나의 어머니인데 역시 어머니 또한 우아하시고 아름다운 얼굴을 가지셨다. 체트리 선생님은 콧수염을 가지신 히틀러를 연상시키는 선생님이시다. 두 분께서는 공포의 유머로 유명하시다.

Silly joke!

하루는 체트리 선생님께서 어린 학생, 아디트와 함께 레슨이 있으셨다. 아디트는 어린 마음에 바이올린 활에 있는 활털을 재밌다고 계속 만졌다. 그런데 갑자기 체트리 선생님께서 말씀 하시기를, "그거 털 계속 만지면 활을 못쓰게 되. 만약 활 못쓰게 되면 니 머리털로 뽑아서 대신 해야 할거야. 여기는 털 구하기가 힘들거든." 아디트는 깜짝 놀래서 손이 그대로 멈췄다. 선생님께서 그러면서 하시는 말씀이, "그래서 내 머리털이 하나도 없는 거야. 나도 옛날에는 머리털이 많았어. 으하하!"

RSM 시험이라고 우리 학교에 영국이 인정하는 음악 시험을 일 주일 동안 본다. 영국에서 심사위원이 오시는데 내가 시험 보는 날 바로 전날이었다. 던칸 선생님과 함께 플룻을 마지막으로 연습을 해야 해서 찾아 갔다. 벌써 그날 시험을 보는 사람들이 줄을 서 있었다. 체트리 선생님과 던칸 선생님께서도 거기서 지켜 보시며 있으셨다. 나는 조용히 던칸 선생님께 마지막 연습을 하자고 부탁했다. 그런데 갑자기 옆에서 체트리 선생님께서 어떤 종이를 보시더니 나보고 그 다음 순서라고 빨리 옷 갈아입지 않고 뭐하냐고 소리를 지르시는 것이었다. 나는 깜짝 놀래서 내일 본다고 말을 하니 체트리 선생님께서 던칸 선생님에게 순서 바뀌었다고 아직 안 말해줬냐고 물으시는 것이었다. 던칸 선생님께서는, "어머 어머 내 정신 좀 봐, 깜빡 해버렸네, 윤 어서 가서 옷을 갈아입고 오렴!" 나는 그만 너무 놀래버려서 아무 말도 할 수 없었다. 그리고는 어떻게 해야 할지 몰라서 그냥 입고 있는 옷 입으면 안되냐고 물어봤다. 아마 내 표정이 가관이었을 것이다. 그러더니 던칸 선생님과 체트리 선생님께서 아주 크게 웃으시기 시작하셨다.

인 도 에 서
먹고 자고
싸   다
203

밥 밥 밥 !

■

우리 학교 급식소!

아침에는 토스트, 달걀 프라이나 스크램블드 애그, 소시지, 죽, 콘
푸레이크, 시리얼스, 포도쥬스, 오렌지 주스, 우유, 커피, 짜이티
등이 나와요. 한 번에 다 나오는 게 아니고 적절하게 영양분을 고
려해서 나오죠. 아침은 제가 제일 좋아하는 식사에요.

점심은 주로 인도 음식들이에요. 옛날에는 많이 좋아하진 않았지
만 이제는 모든 인도 음식들이 맛있어요! 점심에는 한 종류의 고
기가 튀기거나 양념되거나 해서 나오고 옆에는 여러 종류의 밥이
나 짜파티 혹은 파라따 등이 나와요. 또 푸리도 나오구요. 버터 난
도 가끔씩 나와요. 그리고 찬나, 야채복음 등이 있고 음료와 요거
트(커드)가 진열되어 있어요. 그 옆에는 많은 야채와 채소들 그리

고 과일이나 달콤한 게 디저트로 나와요.

저녁은 국제 음식! 스파게티, 피자, 감자튀김, 라자냐, 핫도그, 햄버거, 스테이크 등등 가끔씩 한국 음식도 나와요! 김치, 볶음밥 등. 그리고 점심 때 먹었던 야채들과 짜이티, 핫쵸코, 커피 등이 나와요.

티벳 음식점!

학교에서 나오면, 자주 가는 곳이 티벳 음식점이에요.

티벳 음식점에는 맛있는 음식들이 잔뜩 있어요!

· 아메리칸 찹수이 : 면 튀긴 것 같은 거 위에 온갖 야채들이 있고

호박소스와 비벼 먹는 거에요.

- 온갖 종류의 프라이드 라이스 : 볶음밥들. 치킨, 소고기, 돼지고 기, 야채, 계란 볶음밥 등 여러 종류가 있어요.

- 누들스 : 볶은 면들. 치킨, 소고기, 돼지고기, 야채, 계란 누들 등 프라이드 라이스와 같이 여러 종류가 있어요.

- 갈릭 치킨 : 닭고기를 마늘 소스에 양념한 것. 맵고 짜고 달고, 어떻게 만들었을까? 정말 맛있어요!

- 비프 크리스피 : 소고기 튀김이에요. 빨갛고 짭짤하고 쫄깃하 다. 레몬을 뿌려 먹으면 상큼해요.

절먼 베이커리[독일 빵집]!

이름만 빵집이 레스토랑이에요.

이곳은 새로 지어졌는데 맛있어서 자꾸만 오는 곳이에요. 꽤 비 싸지만 채식주의로 다 되어 있고 음식들도 느끼하지만 정말 맛있 어요.

★추천★

- 라자냐(70 루피) : 온갖 야채와 소스 그리고 치즈가 어우러진 맛이 일품!

- 머시룸 파스타/페니 (80 루피) : 제가 제일 좋아하는 음식이에 요. 느끼담백?! 마카로니를 좋아하신다면 머시룸 페니에 푹 빠 지실 거에요.

- 바나나 밀크셰이크(35 루피) : 설탕을 많이 넣었을까? 바나나가

달아서일까? 시원한~ 바나나 밀크 셰이크를 먹고 나면 기분이
너무나 좋아져요.

타바스

· 치즈 파라따 : 짜파티 두 개 사이에 치즈가 가득!
치즈를 싫어하지만 않는다면 좋아할 거에요.
· 빠니르 부르지 : 빠니르(치즈)를 어깨서 매콤달콤하게 양념해둔
건데 치즈 파라따나 그냥 파라따와 함께 먹으면 일품!
· 다이푸리/세이푸리 : 푸리가 조그만 하게 잘려서 있는데 다이
푸리는 맵고 세이푸리는 커드(요거트)가 같이 들어가 있는 거에
요. 고소하고 맛있어요!
· 기 라이스 : 기(인도기름)가 살이 많이 찌지만 기로 볶아진 맛있
는 밥이에요.

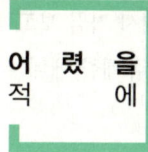

어렸을 적에

■

When we were unadulterated….

함양초등학교 운동장. 내가 3학년이었나? 희미한 기억 속에, 내가 만만한 낮은 철봉 위에 앉아서 학교를 쭉 둘러보고 있다. 구름 한 점 없는 파란 하늘, 큰 느티나무 한 그루, 그리고 학교 앞 넓은 운동장. 눈이 안 좋아서 일까? 안개 속에서 아이들이 재잘거리며 나타난다. 그 중 웃기게 생긴 한 여자아이가 한 드라마 이야기를 한다. 어? 어제 본 드라마 인데. 난 철봉에서 뛰어 내렸다.

"어어? 나도 그거 아는데! 최수종 나오잖아!"

"맞나? 니도 아나? 정태 말이재!"

"어, 정태. 막 '히히힉' 이런다이가."

"히히힉~! 푸하하 또 그 다음에 나오는 거 것도 봤나? 봤재?"

이렇게 인연을 맺은 우리는 그 후로도 피아노 학원에서 가끔 보고 복도에서도 한 번씩 보며 서로에게 호감을 가졌다. '유쾌한 애네' 하면서 말이다.

드디어 4학년이 되던 날. 교실 안에서 바로 그 유쾌한 조예운을 봤다. 나랑 같이 '히히힉' 하던 애. 한 날은 예운이가 와서 사실 3학년 때 사물함 앞에 장래희망이 적힌 종이를 봤는데, 내 사물함 앞에 적혀 있는 '영화감독'을 보고 '디자이너'가 꿈인 게 너무 허섭해 보인다고 자기도 영화감독을 한다고 하는 것이다. 처음에는 왜 따라 하냐고 틱틱거렸지만 곧 우리는 영화감독이라는 공감대 아래에 급속히 친해졌다. 우리는 시나리오를 적어서 방과 후 친구들을 모아 의상도 없이, 마이크도 없이, 조명도 없이, 카메라도 없이 그렇게 영화를 찍었다. 학교에서만 그런 게 아니다. 직장 생활을 하셔서 옷이 유난히 많은 우리 엄마의 옷장에서 옷들을 한껏 꺼내서 친구들에게 입히고 좀더 발전시켜서 마이크도 없이, 조명도 없이, 카메라도 없이 시나리오 하나만으로 영화를 찍었다.
우리 교실이 제일 윗층에 있었는데, 옥상 올라가는 계단에 점심시간 마다 같이 앉아서 이야기를 나누곤 했다. 커서 이런 곳에 살고 싶고 이런 영화를 찍고 싶고 또 크면 꼭 원숭이를 키우리라는 미래 계획을 짜며 시간 가는 줄 모르고 상상의 나래를 펼쳤다.
학교가 끝나면 우리는 우리학교의 명물인 큰 느티나무 밑에 앉아서 놀았다. 느티나무 밑에는 작은 구멍이 있었는데, 우리는 그 곳에 우리의 보물을 넣고 큰 돌을 찾아 그 앞에 꽉 막아 두곤 했다. 그리고 그 돌 위에는 절대 열어 보지 말라는 표시도 잊지 않았다. 또한 우리는 보물 지도를 만들기도 했다. 느티나무에서 48걸음 동쪽으로 걸어가서 왼쪽으로 다섯 걸음···. 보물지도까지 만들어 그곳에 묻었는데, 그 다음날 비가 왔다. ㅠ.ㅠ

우리는 정말 많은 추억을 만들었다. 예운이와 나는 벌써 9년 친구가 되었다. 나는 초등학교 이후 사춘기를 보내며 어렸을 적 마음을 잃어 가고 있었다. 컴퓨터를 많이 하게 되고, 영화감독의 꿈도 버리고, 다른 쓸데 없는 것들에 더 집중하고. 하지만 그때마다 다시 나를 꿈과 열정에 차게 해준 친구는 예운이다. 그녀는 계속 나의 꿈이 무엇인가, 커서 무엇이 되고 싶은가, 어떤 학교를 갈 것인가, 어떤 공부를 하고 싶은가 등등을 물으며 내가 꿈꿔왔던 아름다운 세상을 다시 생각나게 해주고 그것을 만들어 나가게 해줬다. 예운이가 없었더라면 나는 나도 모르게 계속 어른이 되어 가고 있었을 것이다.

고마워 예운. 우리 아직 9년 친구지만 앞으로 90년을 더 함께 하자!

너 무 너 무 반 가 워 요 .
이 를   어 쩜   좋 아

그 런 데 . . .
너 네 도   나 처 럼
항 상 마 음 속   한 구 석
많 이 그 리 운 친 구 가 있 니 ?

꼬맹이 친구 소프니 _ 216
Fall in love with 패션리더, 스페인어 선생님 _ 221
Birthday@Yoon _ 226
신난다, Spirit week _ 229
아슬아슬 학교 탈출기 _ 232
특이한 Field day _ 235
Formal & Prom _ 237
Long Weekend in deepika's house _ 240
Birthday@Deepika _ 245
Birthday@Vartika _ 248
인디아… ing _ 254

진짜 v 유정 용기 고덤
인생 사랑 희망 행복
박 MEMORIES ...친구
IN INDIA... 바보 라냐
사랑을 나무 과일 책상 고냉

06

India..
and the
memories

특별한 일이 없는 일요일에는 내 룸 메이트 디피카
와 옆방 친구 바르티카랑 함께 봉사 활동을 하러 간다. 코다이카날
센바그눌 고아원엔 아주 예쁜 꼬맹이 친구가 날 기다리고 있다.
처음 그 곳에 봉사활동을 하러 갔을 땐, 솔직히 뭘 해야 할지 잘
몰랐다. 그렇다고 옛날에 했던 것처럼 청소를 해 주거나 밥을 해
주는 것도 아니었다. 봉사활동 담당 선생님은 우리를 고아원에 데
려다 놓고 아이들과 잘 놀아주라는 말만 남기셨다. 바르티카는 성
격이 활발하고 엽기적이어서 어느새 남자 꼬맹이 아이들과 부메
랑을 던지면서 잘 놀아주고 있다.
아이들은 바르티카와의 부메랑 놀이가 즐거운지 연방 웃음꽃을
터뜨리고 있었다.

이런! 타밀어를 할 수 있는 디피카도 작은 여자아이들과 모여서 그림을 그리고 있었다. 윽! 타밀어를 하는 고아들 사이에 말이 안 통하는 나는 당황했다.

그래도 30분이나 버스를 타고 왔으니까, 그리고 처음으로 고아원을 방문했으니까, 용기를 내서 아이들에게 다가가려고 노력했다. 어설픈 웃음을 지으면서, "Hi"인사를 건넸더니 우려했던 내 생각과는 달리 아이들은 내게 달려오면서 '이름이 뭐냐?'고 물었다. 사실 얼마나 다행이었는지 모른다. 왜냐하면 아이들이 교육이 부족해서 영어는 인사와 이름밖에 묻지 못하더라도 나에게 호감을 가지고 친해질 기회가 생겼기 때문이다. 나는 많이 긴장해 있었다.

준비해 온 공을 가지고 게임을 하며 아이들과 놀았다. 나는 타밀어를 배우고 또 아이들에게는 간단한 영어를 가르쳤다. 그래도 계속 뭔가 허전하고 부족한 기분이었다.

나는 봉사활동은 봉사를 받는 사람들의 부족함을 조금씩 채워주는 활동이라고 믿어왔기 때문에 놀아주는 것만으로는 부족하다고 생각했다.

그러던 중 소프니라는 아이와 만났다. 그 아이는 총명했고 영어도 딴 아이들 보다는 더 잘하는 아이였다. 그 아이와 서로 영어도 가르쳐 주고 타밀어도 배우는 중, 참 가슴이 아팠다. 그렇게 해맑은 소프니의 옷은, 아니 그 곳에 있었던 대부분의 아이들의 옷은, 찢어지고 커다란 구멍이 나 있었다. 그것은 꼭 그들이 부모님에게서 받은 상처처럼 찬 바람이 숭숭 들어가 춥고 아파 보였다.

오랫동안 입었을 것이고 또 아이들이니까 더더욱 옷이 잘 떨어지는데 기워줄 부모님이 없는 아이들이니 오죽할까. 밤에 날씨가 쌀쌀해지니 그냥 둘 수 없었다. 그렇다고 가난하고 엄한 고아원 사감 선생님이 아이들의 옷을 새로 사주거나 고쳐주는 것은 상상조차 할 수 없다. 봉사자들에게 친절하신 고아원 사감선생님에게 "혹시 실과 바늘이 있냐?"고 물어 보았다.

내가 중학교 때 최악의 성적을 받았던 과목이 하나 있다. 바로 기술·가정 시간이다. 다른 과목보다 월등히 성적이 낮았던 기술·가정 시간에는 바느질 수업도 있었다. 바늘에 실을 꿰고 한뜸 한뜸 기워 나갔다. 그때 배웠던 바느질이 이렇게 쓰일 줄이야?

우선 골반 옆쪽으로 터진 원피스를 차근차근 아래에서 위로 꿰맸다. 옷감이 심하게 낡고 삭아서 꿰매기가 쉽지 않았다. 조심했지만 자꾸 실밥이 터지곤 했다.

중학교 때 수업시간에 했던 실습 이후 처음으로 한 바느질이라 볼품은 없었지만 그래도 아이가 저녁에 춥지 않을 거라는 희망에 마음이 바빠졌다.

바느질을 끝내고 보니 나의 챙 넓은 모자 사이로 안보였던 아이들이 우르르 내 옆을 둘러싸고 있었다. 당황한 나는 그 자리를 피하려고 했다. 그런데 큰 다리 두 개가 보였다. 천천히 위를 올려다 보았다. 봉사활동 선생님은 감동에 젖은 표정으로 사진기를 들고 나보고 그 자세 그대로 있으라고 하셨다. 선생님은 이렇게 감동적인 장면은 처음 본다면서 여기 온지 4주밖에 안됐지만 그 중 최고라

며 칭찬을 듬뿍 해 주셨다. 그리고 함께 간 친구들도 'nice job'
이라며 한 대씩 툭툭 치고 지나갔다. 쑥스러웠다. 대단한 일은 아
니지만 어떻게든 고아원 아이들과 귀여운 소프니를 돕고 싶은 내
마음이 봉사활동 선생님과 봉사자들에게 그대로 전해졌나보다.
그 후, 기회가 될 때마다 친구들과 고아원을 자주 들리고 있다. 디피카의 도움도 있고, 고아원 아이들과 놀며 타밀어 실력도 꽤 늘어 알아 듣곤 한다. 그러면 같이 간 친구들 몇 명은 깜짝 놀라곤 한다. 역시 대화가 통하니까 친해지는 것도 더 쉽더라고! 그리고 이젠 나도 아이들을 보면서 가슴 아파하는 게 적응이 되어 간다. 하지만 아직까지도 정말 속상하고 슬픈 것은, 기도하는 아이들을 바라보는 것이다.

매주 인도 전통차를 마시는 시간이 끝나고 큰 소리로 합창하며 기도하는 아이들을 보면 항상 봉사자들은 울음을 터뜨리고 만다.

내 옆에 앉은 소프니도 눈을 꼭 감은 채 천사같이 기도를 한다. 그러면 모두들 하늘도 무심하시지. 이 귀엽고 초롱초롱한 아이가 얼마나 힘들어 할까? 하는 생각에 숙연해지고 울먹여진다.

우리 학교에서는 이 고아원 아이들을 위해 성금을 모금하는 프로젝트가 시작되었다.

봉사활동을 함께 한 친구들과 나는 그 프로젝트에 관심이 많다. 고아원 아이들이 이번 겨울에는 따뜻하게 보냈으면 좋겠다.

Fall in love
with 패션리더,
스 페 인 어
선 생 님

미스 칼먼 로사는 스페인어 선생님이다.

첫 스페인어 수업시간. 나는 낯선 교실을 두리번거리며 제일 앞자리에 앉았다. 그때 선생님께서 등장하셨는데 악! 나는 입을 다물수가 없었다. 아직도 스페인어 선생님, 미스 칼먼 로사의 첫 인상이 생생하게 기억에 남는다.

거대한 몸집의 그녀가 등장하는데 빛이 쏟아지기 시작했다. 그녀의 패션은 빨간 스카프, 빨간 가죽 재킷 그리고 밑에까지 패셔너블한 빨간 웨스턴 부츠였다. 그리고 번개 맞은 것처럼 빨간빛이 감도는 갈색머리가 너무나도 자연스럽게 묶여 있었다.

그녀는 학생들을 한 번 쭉 훑어 본 후 갑자기 스페인어로 강의를 하기 시작하셨다. 가뜩이나 스페인어를 처음 듣는데 선생님의 카

리스마에 압도되어 귀에 아무 것도 들려오질 않았다. 옆 자리 친구에게 물어봤다.

"선생님께서 지금 뭐라고 하시는 거냐?"

"나도 잘 모르겠어."

"그럼 왜 알아듣는 얼굴을 하고 있니?"

"나도 몰라. 하하"

어리둥절한 표정으로 멍하니 선생님을 쳐다보고 있었다. 나에겐 외계어로 들리는 스페인어! 열심히 설명하시는 선생님의 얼굴은 매우 자상해 보였지만 외계인 같았다. 입을 쭈욱 내 미시고 또박또박 스페인어 발음을 하시는 모습이 열정으로 가득차 보였다. 그래도 그 후에는 친절하게 영어로 다시 번역해 주시고 가르치셔서 겨우 수업을 따라잡을 수 있었다. 그래도 혹시 놓친 게 없나 싶어 수업이 끝난 후 선생님에게 무엇을 준비해야 하는지, 그리고 알아듣지 못해서인데 혹시 내가 놓친 게 있는지 물어 보았다.

"자~ 한번 보자."

선생님께서는 차근차근 친절하게 설명해 주신다. 처음에는 알아듣기 힘들지만 적응이 되면 잘할 수 있을 거라며 열심히 하라는 격려 말씀까지 주셨다.

그래도 불안함이 느껴지는 스페인어 수업이었다. 그 후로도 수업이 끝난 후 계속 놓친 부분들과 시험 보는 범위를 꼭 꼭 확인해야 했다.(ESL효과? 좀더 꼼꼼해진 것인가!)

스페인어는 '신선한 충격' 그 자체였다. 왜냐면 나에게는 스페인어의 모든 것이 '처음'이었기 때문이다. 문법, 단어, 여러 가지의 남·여 법칙들 등 한국어에서도, 영어에서도 볼 수 없던 것들이 많았다.

문화도 다르고 언어도 전혀 다르지만 시간이 지나자 스페인어 시간이 참 좋아졌다. 스페인어 시간에는 '라쿠카라차' 등 스페인의 전통 민요를 들으면서 춤을 추기도 한다. 선생님은 민요를 크게 틀어 놓고 학생 한 명을 데리고 시범을 보이신다. 그후 우리에게 짝을 지어 따라하라고 권하신다. 그럴 때마다 슬며시 옛날 기억이 떠오른다.

아직 ESL과정을 밟고 있었던 그 어느 날, 수업이 일찍 끝나서 사물함에 가는 길이었다. 학교 내에 있는 사물함에는 책과 노트 그리고 플룻 같은 악기 등 학교에서 필요한 것들이 다 들어있다. 체육복이나 준비물을 가지러 기숙사까지 갈 필요가 없도록 각자 학생들의 사물함이 있는데 그 주변 어디선가 신나는 음악이 들려왔다. 궁금한 것이 많은 나는 뭐지? 하며 찾아다니다가 스페인어 교실에서 학생들이 모두 일어나 손을 잡고 교실을 뛰어다니는 장면을 포착했다. 스페인어 공부를 율동하면서 하는데 수업 분위기가 너무 경쾌해서 댄스 수업인가? 착각을 할 정도였다. 그후 스페인어를 듣는 선배에게 뭘 했는지 물어봤더니 스페인 전통 춤을 배우고 있었다고 했다. '아아, 너무 재밌겠다앙~!!'

그때부터 나는 스페인어 수업에 관심을 가졌던 것 같다. 수업 중간 중간 페루에서 오신 스페인어 선생님은 춤과 노래뿐만 아니라 틈

틈이 집에서 스페인식이나 페루식의 과자와 음식을 만들어 오신다. 그리고 스페인어 수업 듣는 학생의 생일이 있을 때는 케이크를 손수 만들어 오셔서 집이 그리운 우리들을 감동하게 만든다.

미스 칼먼로사!! 스페인의 문화가 자연스럽게 스며들 수 있도록 열정과 사랑으로 가르치시는 선생님을 우리는 무지무지 사랑한다.

미스 칼먼 로사 선생님은 우리들에게 곧잘 이렇게 말씀하신다.

"분명 너희들이 영어를 보다 더 능숙하고 더 잘할 수 있게 된 이유는 영어를 쓰는 사람들과 함께 생활을 했기 때문이다. 그러니까 너희들도 스페인어를 자주 쓰도록!"

선생님의 열성적인 교육철학 때문에 곤란할 때도 많다. 선생님은 숙제를 많이 내 주시고 단어퀴즈와 테스트도 하루가 멀다 하고 하신다. 내가 학교수업을 마친 후 가장 많이 만나야 했던 분이 바로 스페인어 선생님이었다.

프로젝트를 하거나 수업 중 또는 친구들 앞에서 1:1 다이얼로그 하는 것들도 미리 준비해서 선생님의 마지막 점검을 거쳐야 마음이 놓였기 때문이다.

수업을 마치고 오후 네시 경 스페인어 교실에 가면 선생님 주변에 기다리는 학생들이 많다. 모두 선생님에게 궁금한 것이 있거나, 미처 끝내지 못한 시험을 치러 온 학생들이다.

처음엔 선생님을 찾아온 학생들이 많아서 놀랐다. 두 번째는 스페인어 수업을 들은 학생들이 너무나도 능숙하게 스페인어로 선생님과 대화하는 모습에 더욱 놀랐다.

선배들을 보면서 큰 충격을 받았는데 나 역시 열심히 해야겠다고 다짐했다.

미스 칼먼 로사는 우리 학교의 패션 리더다. 강렬한 첫 인상을 무색하게 할 만큼 그녀만의 패션감각을 가지고 있다. 그녀의 개성 있는 센스를 닮고 싶다.
교정에서 만난 미스 칼먼 로사의 당당한 옷차림이 그대로 수업까지 연장되어 우리를 압도한다.
자신의 나라와 전통을 얼마나 사랑하는 지 패션에서부터 알 수 있다. 언제나 페루 전통 의상과 인도 전통 의상을 다른 옷들과 함께 믹스매치해서 입으신다. 뭐니뭐니해도 자신의 나라를 사랑하는 마음으로 자신을 사랑하고, 자신을 사랑하는 마음으로 학생들을 사랑하시는 그 마음이 패션 리더뿐만 아니라 우리들 마음을 뺏는 리더 선생님이시다.
'가끔은 아주 강렬하게, 가끔은 아주 멋나게!'

Birthday
@ Yoon

1989년 10월 21일.

햇님이 태어나다.

그 후로 부터

16년이 지난 오늘.

아침 8시.

PSAT(PSAT는 SAT미국수학능력평가시험 전에 보는 시험)를 치고 있어요.

내가 왜?!

도대체 왜 내 생일 이른 아침부터 이렇게 머리가 아픈 시험을 치

고 있어야 하는 거죠?

지금 내 머리는 르네상스 풍을 뺨치고 있고 뿔테 안경에 보이지

않는 눈, 게다가 퉁퉁 부은 얼굴에 회색 추리닝까지. 그냥 멋있는 거죠! 하지만 그래도 이렇게 많은 알파벳들과 복잡한 숫자와 기호들까지, 모두 내 생일을 축하해주고 있네요. 시험이 끝나고 친구들과 점심을 먹으며 선물도 받고 친구들이 사온 케이크도 먹었어요. 즐거운 시간을 보냈죠.

하지만 날 키워주신 부모님 없이 보낸 생일은 팥 없는 팥빵이었던 걸요.

그 후로부터
1년이 지난 오늘.
인도의 화려한 축제!
인도의 새해를 준비하는 축제, 디왈리가 열리고 있어요.
힌두력으로 2006년에는 10월 21일이 디왈리에요.
제 생일과 날이 같아 행복하네요.

내가 사랑하는 케이크와 같이 사랑하는 사람이 왔어요!
한국에서부터 제 생일이라고 엄마가 케이크를 사들고 먼 인도까지 오신 거 있죠?
엄마와 함께 별 호수에 가서 자전거도 타고 나룻배도 타며 오랜만에 함께 즐거운 시간을 보냈어요. 저녁에는 온 동네방네 폭죽이 터지고 하늘은 아름다운 빛으로 대낮 같이 반짝이고 있어요. 우리 학교에서도 테니스 코트에서 'K.I.S.'와 'HAPPY DIWALI'라고 적힌 불꽃들도 만들고 끝없이 폭죽을 하늘로 쏘아 댔어요. 내 소중한 친구들은 옆에서 큰 목소리로 생일축하 노래를 불러 주고요.

하느님!
제 생일을 축복해주시네요. 몇년, 몇십 년 아니면 몇백 년 만에 한 번 10월 21일에 디왈리가 열리는지는 모르겠지만 지금 이 시간 이곳 인도에서 제 생일을 보내게 해주신 것 너무 감사합니다.
이것도 인연인거죠?
라마신이 전쟁에서 이겨 집으로 돌아 올 때 라마신을 찬양하기 위해 모든 집에서 불을 밝힌 것이 유래돼 아직도 인도인의 최고의 축제인 디왈리.
혹시 저도 전생에 온 세상을 유랑하고 방랑하다 1989년 10월 21일, 이 세상으로 돌아 온 것이 아닐까요?!

■

우리 학교에는 Spirit week라고 있다. 이번에는 11
학년인 우리 책임이었다. 반장인 샤프캇과 부반장 아라, 서기 나
그리고 대표 요석이 등이 계획을 하고 실행한다.

월요일은 선생님 따라하기 데이

선생님들 중 한 명 모습을 따라한다. 점심 시간이 되면 말투나 걷는
폼 등을 따라해 제일 잘 하는 사람들 중 한 명을 뽑아 그 선생님께서
상을 주신다. 가끔 고맙다고 뒤에서 말하며 선물을 주시는 선생님들
도 계신다.(미스터 물리, 나밤 선생님 같은 분들!)

화요일은 파자마 데이

학교에 잠옷을 입고 와도 되는 날이다! 학교에 오니 사람들이 자기만의 잠옷을 입고 베개와 인형 등을 들고 수업에 참여했다. 심지어 베개를 베고 자는 애들도 간간히 있었다. 그들은 진정 Spirit이 있는 사람들이다. 점심시간이 되면 베개 싸움이 일어난다.

수요일은 디찌 & 긱 데이

공주병과 공부 벌레처럼 꾸미고 오는 날이다. 공주병처럼 입고 오는 애들은 머리 위에서부터 발끝까지 핑크색으로 차려 입고 공부 벌레처럼 입고 오려는 사람들은 발목이 긴 양말에 칠부 바지와 뿔테 안경을 쓰고 온다.

목요일은 갓팃 데이

보통 검은 색 옷을 입고 온다. 눈 밑에 검정색 아이라이너를 진하게 하고 보라색 립스틱을 칠하는 애들도 있다. 이때가 기회다 싶어 평소에 이런 것들을 좋아했던 아이들은 머리도 세우고 불독 목걸이 같은 걸 온 몸에 걸치기도 한다. 지나가다 보면 깜짝 놀라기도 하고 무서운 애들도 많다.

매일 단정한 사복을 입던 우리에게
우리의 혼을 위한 주는 큰 활기를 넣어주는 날들이다.
영혼을 위한 한 주!

아슬아찔 학교 탈출기

학교 생활에 지칠대로 지쳤다.

친했던 친구와의 충돌, 매일매일 엄청난 양의 숙제와 테스트 그리고 스트레스 팍팍 주는 선생님들. 정말 머리가 터져나갈 것만 같았다. 너무 힘들고 자꾸 울게 되고 한계를 느꼈다. 어디론가 떠나고 싶었다. 다 버리고 떠날 수만 있다면! 이대로 가다간 미칠 것 같았다.

1교시 생물.

열심히 노트도 적고 수업을 들었다.

2 교시 영어.

스트레스 팍팍 받았다. 점점 힘들어 진다.

3 교시 경제.

엄청난 양의 숙제. 머리가 터질 것 같다.

4 교시 프리.

짐카나에 갔다.

스트레스에 풀이 죽어 테이블에 쳐져서 앉아 있었다. 그곳에 지나가던, 얼마 전 브라더·시스터를 하기로 한 금석이 오빠를 만났다. 나는 물 만난 물고기마냥 너무 반가워서 푸념을 하며 고민을 털어 놓았다. 오빠는 계속 들어주며 괜찮다고 나아질 거라고 위로해줬다. 하지만 몇일 동안 심각하게 쌓여진 내 스트레스는 어떻게 하던 날라갈 것 같지 않았다. 그러던 중 오빠가 지나가는 소리로, "탈출할래?"라고 했다. 그때 나는 정신이 번쩍 들었다. 오늘 하루 신나게 놀면 스트레스가 다 달아날 것 같았다. 딱 하루인데! 나는 눈을 번쩍 뜨면서 학교를 탈출하기로 마음 먹었다. 정말 오늘만 미쳤다고 생각하고 학교 밖으로 나가는 거야. 하지만 걸리면 퇴학이다. 밖에서 걸리는 그대로 퇴학! 이 정도의(?) 위험은 감수하기로 했다. 안걸리면 되니까!

오빠는 깜짝 놀랬다. 내가 정말로 학교 밖으로 나가려고 생각할 줄은 상상도 못했을 거니까. 오빠는 이제 졸업반이어서 밖으로 나가도 되지만 나는 금지였다. 그래서 곰곰히 어떻게 나갈까 생각하다가 오빠가 차를 끌고 오기로 했다. 학교 안으로 끌고 와서 내가 그 차에 숨어서 나가면 되는 거다. 마음을 졸이며 선생님이 없나 망을 보며 무사히 교문을 지키는 와치맨도 빠져나갔다.

"꺄!! 성공이다! 학교 밖으로 나온 거야!"
우리는 오빠 집으로 갔다. 마침 아주머니께서 계셨다. 나는 오후 수업이 거의 다 끝나서 잠시 밥도 먹고 하려고 했다고 말씀드렸다. 밖으로 나오면 안된다는 말은 빼고…. 하지만 아주머니께서 맛있는 한국 밥도 해주시고 재미있는 이야기도 많이 해주셔서 기분이 많이 좋아졌다!
그리고 무진장 특이한 영화도 보고 사진도 찍으면서 놀았다. 저녁에는 German bakery가서 정말 환상적인 라쟈냐도 먹었다~! 학교 안에서 박혀 있다가 밖에 나오니 정말 살 것 같았다. 오랫동안 못 봤던 영화도 보고 웃긴 이야기도 하고. 학교를 나온 후 지난 한 달 동안 웃은 것보다 더 많이 웃었다. 스트레스가 많이 안정되고 기분도 한결 나아졌다. 이제 웃으면서 모든 걸 잘 할 수 있을 것 같았다. 다시 학교로 뛰어 갔다. 기숙사에 들어와서 날 찾고 있던 친구들에게 오늘 무슨 일이 있었는지 말해줬다. 모두 놀라며 착한 브라더가 부럽다며 그래도 기분이 많이 풀려서 다행이라고 위로해줬다. 나는 몇 번이나 강조했다,
"오늘 나의 탈출기는 비밀이야~!"

■

　　　　우리 학교 운동회는 특이하다. 일년에 한번씩 열리
는데, 코다이카날 사람들이 구경하러 온다. 우리는 행진을 하고
학교 노래를 연주하며 입장한다. 운동회는 3일 동안 열린다. 그
동안 열심히 해왔던 체육 실력을 뽐내는 시간이다. 존재감이 없었
던 애가 달리기에서 일등을 하면 우리는 환호하며 오래된 친구처
럼 응원을 한다.

운동회 점심 시간이 되면 그 큰 운동장에서 둥글게 앉아 모두 바
나나 잎사귀에 쌓여진 비리야니를 먹는다. 비리야니는 밥과 계란
이나 치킨 등과 같이 먹는데 커드랑 먹으면 예술이다!

운동회 때마다 도미노 피자가 우리 학교로 올라와 피자를 판다.
우리는 오랜만에 제대로 된 피자를 보며 그들을 환영한다.

언제부터 생각이 많아 졌는지…

나를 뚫어지게 보는 규성이.
나도 뚫어지게 봐줬다.
그러다 눈이 따끔거려서
왜 보냐고 소리를 질렀다.

"너 표정이 계속 바뀌어. 보고 있으면 신기해!"

자꾸 어디론가 가는 내 머릿 속에 있는 어떤 것,
그리고 희노애락하는 나!

FORMAL
AND
PROM

일 년마다 열리는 Formal,

그리고 11학년과 12학년만을 위해 열리는 Prom.

Formal : 일년에 한 번씩 학교에서 열리는 드레스 파티.

파트너가 있다면, 남자들은 여자들 기숙사 앞에서 기다린다. 정석은 남자가 꽃다발과 선물을 들고 와 여자에게 건네주고 여자는 그것들을 기숙사에 다시 갖다 놓고 파티에 간다. 하지만 신데렐라 마냥 12시가 땡 치면 각자의 기숙사로 돌아가야 한다. 파티가 끝나고 남자가 기숙사에 데려다줄 때 여자는 선물을 건네준다.

Prom : 11학년이 그 동안 많은 문화 활동을 주최하면서 모아둔 돈으로 졸업하는 12학년을 위해 몇 달에 걸쳐서 준비한 파티.

맛있는 밥을 먹고 불꽃놀이도 보고 영화도 보고 춤도 춘다. 저녁 7시부터 새벽 1시까지 열린다.

남인도에서 온 디피카는 나의 룸메이트. 나는 착한 디피카가 참 좋다. 남들은 룸메이트끼리 싸우기도 참 잘 싸우더만, 나와 디피카는 싸우기는커녕 서로 마음이 너무 잘 맞아 눈만 봐도 뭘 원하는지 알아차리는 게 문제라면 문제일까. 처음에는 그저 친한 룸메이트일 뿐이었던 우리는 10학년이 되면서 서로의 깊은 속을 이해할 정도로 급격히 친해졌다. 기다리고 기다리던 'Long weekend(′긴 주말′이라는 뜻으로 5일 정도 학교를 가지 않는다)′가 돌아왔다. 다른 친구들은 이 롱 위크엔드를 이용해 인도의 친구집에 놀러가기도 하고 친구들끼리 여행을 떠나기도 한다. 나도 어느 롱 위크엔드에 오로빌에 있는 이모집을 방문하기도 하고, 어떤 때에는 친구들과 코발람 바닷가로 여행을 가기도 했는데, 이번에는 디피카의 초대에 응해 깐냐꾸마리로 가기로 했다.

마음 속까지 꿰뚫어보는 베스트 프렌즈의 집에서 보내는 롱 위크엔드라니! 정말 기대 만빵!

디피카가 사는 깐냐꾸마리는 인도의 남쪽 끝이라서 왠지 신비롭게 느껴져 늘 가고 싶은 도시였다.

우리 기숙사에 있는 바르티카와 아라도 함께 가기로 하였다. 기대에 부푼 우리들이 학교를 떠나는 날, 디피카네 어머니께서 멋들어진 차에 운전기사를 앞세우고 코다이카날까지 마중 나오셨다. 아주머니는 가는 길에 과자와 마실 것도 풍족하게 사주셨다. 후한 대접을 받은 게 무색하게 아라와 나는 멀미를 심하게 하고 말았다. 으이구~! 12시간이 넘게 걸리는 울퉁불퉁한 길을 가며 어지러워 참을 수가 없었던 것이다. 우리는 가는 도중에 잠깐잠깐 주유소에 들러서 휴식을 취하면서 사과도 먹고 사진도 찍고 했는데, 바깥 공기를 맞으니 좀 괜찮아 졌더랬다. 그때 화장실에 먼저 들어간 바르티카가 소리를 꽥 지르면서 나왔다. 무서워하기 보다는 호기심에 가득 찬 목소리로 우리에게 "손을 씻는 곳에 도마뱀이 앉아 있어!"라고 소리쳤고, 우리는 모두 달려가 흥미진지하게 도마뱀을 관찰했다. 그런데 재미있게도 우리를 데리러 오신 아주머니께서 깜짝 놀라시는 것이었다. 잠을 자다 한밤 중에 눈을 뜨면 온 천장에 벽에 도마뱀이 기어 다닐 정도로 인도는 도마뱀이 많은데 인도인인 디피카 어머니가 그렇게 놀라시다니. 그 모습에 우리는 배를 잡고 웃었다. 멀미는 어느새 싹 사라지고 우리는 다시 기분 좋게 남쪽으로 달렸다. "윤!"하고 부르는 소리에 일어나보니 디피카의 집에 도착해 있었다. 긴 여행의 피로감에 깜빡 잠이 들었나 보다. 날은 어두워서 밖은 아무것도 보이진 않았지만 집 앞에 인상이 무척이나 좋은 디피카의 아버지가 우리를 반겨주셨다. 남인도에서 아주 큰 병원의 원장이신 디피카 아버지는 듣던대로 멋진 분이셨다.

정말 깨끗하고 깔끔한 넓은 이층집은 정말 영화에서나 보던 모습이었다. 방바닥은 대리석이었는데 반질반질 윤이 났고, 우리가 머물 1층 방의 인테리어는 너무나도 고급스러웠고, 인도에서는 호텔 아니면 보기가 힘든 에어컨도 있었다. 우리는 즐거운 여행이 될 것 같은 예감으로 붕 떠서는 연신 입을 헤~ 벌리며 좋아했다.

손을 씻고 저녁 식탁에 앉은 우리는 다시 한 번 입을 크게 벌릴 수밖에 없었다. 큰 식탁을 가득 채운 음식들은 정말 처음 보는 것들이었고 너무너무 맛있어 보였기 때문~. 감사 인사를 드리자마자 허겁지겁 먹기 시작! 밤 열한 시가 가까운 시간인데도 우리들은 접시를 비우고 또 먹고 비우고 또 먹고 비우기를 반복했다.

같은 인도 음식이라도 학교에서 먹었던 것과는 비교도 할 수 없을 정도로 최고의 음식이었다. 그날 밤 디피카네 집에서 얼마나 많은 음식을 먹었는지, 지금 살이 그때 붙은 건 아닌지 의심스러울 정도다. 며칠을 굶은 거지처럼 먹어대는 우리를 흐뭇하게 바라보시던 디피카의 부모님. 혹 우리가 불쌍해 보이지는 않았는지 몰라! 배를 든든히 채우고 황홀한 방에서 행복한 잠을 청하고 다음날 아침, 밖으로 나왔다. 에어컨 빵빵한 시원한 방에서 나오자마자 뜨거운 남인도의 열기가 느껴졌다. 어제는 확인 못한 디피카네 집의 외관은 그야말로 예술이었다. 집이 클 뿐만 아니라 베이지 색과 옅은 주황색의 멋진 색깔이 조화롭고 아름답게 꾸며져 있었다. 바람이 불어올 때마다 지붕에 달려있는 많은 종들은 독특한 하모니 소리를 냈으며 마당에 있는 꽃들도 아름다움의 절정이었다.

학교생활과 공부에 지쳐 있었던 우리는 별다른 일은 하지 않고 마냥 휴식만 하며 지냈다. 황금 같은 휴일을 마음껏 쉬고 잘 놀다 가자는 것이 이번 롱 위크엔드의 목표였으니까.

시원한 방안에서 티브이를 보기도 하고, 인터넷도 하고, 가끔은 차가운 딸기 치즈케익을 먹으며 수다도 떨고, 한낮에는 수영장에 가서 물장구를 치면서 정말 초등학생들처럼 유치하게 장난치며 시간을 보냈다. 너무나도 행복해서 영원히 이렇게만 살고 싶었다. 하루는 우리 학교에서 수학여행으로 오는 깐냐꾸마리에 있는 박물관에 갔다. 그 박물관은 옛날에 왕이 지은 궁전인데, 어떻게 그 사람들이 살았는지 자세히 나타나 있었다. 왕과 왕비의 침실부터 시작해서 공주들이 다니는 복도까지, 인도 왕족들이 어떻게 살았는지 잘 알 수 있었다. 복도들이 너무 낮아서 모두들 참 신기해 했는데, 옛날의 인도사람들이 키가 아주 작았나 보다. 정말 슬기롭게 느껴지는 것은, 왕의 방 복도에서는 저 멀리 있는 신하들이 다니는 복도가 잘 보이게끔 되어 있다는 것. 이런 것들은 책에서는 볼 수 없는 흥미로운 발견이었다. 여행을 하며 눈으로 직접 확인

하고 발견하는 기쁨은 이런 것일테지. 음하하.

남인도 깐냐꾸마리 시내 구경도 다니면서 즐기는 동안 삼일이 지나가고 여행이 2일밖에 남지 않았다. 그때 디피카의 이모가 우리를 그녀의 비치하우스로 초대했다. 2시간을 걸려 도착한 그곳 또한 굉장했다. 아름다운 비치하우스 앞에는 끝없는 바다가 펼쳐져 있었고 물을 보자 흥분한 우리들은 도착하자마자 수영복으로 갈아입고 바다로 뛰어 들었다.

야호! 인도양이다. 세계 지도에서 보았던 그 광활한 인도양의 바다에서 말만한 처녀들이 수영복을 입고 얼굴이 따끔해질 정도로 헤엄을 치고 놀다니, 우리 초등학생 아녀?!ㅋ

깐냐꾸마리의 저녁노을은 인도 여성들의 빨간 스카프를 하늘이 대신 두른 듯 아름다웠다. 붉게 물드는 바닷가에 가족들과 나와 노을을 감상하는 인도 사람들의 착하고 순한 얼굴들이 발갛게 익어 있었다. 신이 나서 뛰노는 우리들처럼…. 이런 행복을 맛보는 사람들이 전세계에 얼마나 있을까. 감사할 일인 것 같다.

우리는 저녁 노을을 두른 듯 탄 얼굴로 비치하우스에 돌아왔다. 샤워를 한 후 디피카네 주방장이 만든 음식을 보고 또 한번 '와' 함성을 지르며 먹었다. 바닷가라 그런지 각종 생선이 푸짐했는데, 그날 음식 또한 최고였다. 우리에게 최고가 아닌 음식이 있기는 있을까?! 먹음직스런 음식들을 잔뜩 먹고 야채로 만든 후식을 먹으며 우리는 멋진 인도 영화를 봤다.

Birthday
@Deepika

디피카의 생일 하루 전. 나는 디피카로부터 그녀의 어머니께서 오신다는 소식을 들었다. 그녀의 깜짝 생일 파티를 구상하던 우리는 계획에 차질이 생길까 걱정이 들었다.

디피카의 생일날 아침, 나는 디피카에게 친구에게 전화 좀 해야겠다며 핸드폰을 빌려달라고 했다. 핸드폰에 저장되어 있는 그녀 어머니의 전화번호로 전화를 했다. 그녀 어머니는 조금 일찍 도착하시려는 계획을 가지고 계셨다. 나는 우리의 생일파티 계획을 말씀드리고 도착하면 우리의 파티에 동참 해달라고 했다.

방과 후, 깜짝 파티에 초대한 친구들에게는 모두 다 내 방에 모여 있으라고 말했다. 그리고 나와 미솔이는 미리 주문했던 케이크를 받아 바삐 기숙사로 돌아오고 있었다. 그런데 뭔가 부족했다. 내 사랑하는 친구를 위해 근사한 생일 파티를 해주고 싶었는데….

미솔이에게 우선 친구들을 모아 기숙사 방을 꾸미라고 말하고 풍선을 찾으러 다녔다. 이런! 한국의 문방구에서 쉽게 찾을 수 있는 것들 중 하나가 풍선인데 여기는 풍선의 '풍' 자도 볼 수 없었다. 나는 있을 만한 가게는 다 뛰어 다니며 찾아 다녔다. 나중에는 풍선이 없을 것 같은 가게도 다 뒤지고 돌아다녔다. 마음이 급해졌다.

시간이 너무 많이 흘렀다. 속이 상한 마음으로 기숙사 쪽으로 뛰어 가던 나는, 내가 가지 않은 한 군데 가게를 딱 발견했다. 이 상점은 아주 작을뿐더러 너무 허름해서 눈에 잘 띄지도 않았다. 설마 하면서 뛰어가 풍선이 있느냐고 물었다.

아싸! 하느님! 감사해요. 한 시간이 넘도록 헤매던 나는 드디어 풍선을 찾았다. 나는 그 작은 상점에 있는 풍선들을 몽땅 산 후 기숙사로 돌아가서 친구들과 풍선을 빵빵빵 불어대며 방을 꾸몄다.

아무 것도 모르는 디피카는 기숙사를 향해 터벅터벅 걸어오고 있었다. 미리 밖에서 망을 보려고 나가던 나는 디피카와 딱 마주쳤다.

"Hi! Hi!"

당황한 나는 인사를 반만 건네고 방 안으로 쑥 들어와 버렸다. 쟤가 왜 저러지? 하는 표정으로 디피카도 방 안으로 들어왔다. 뻥! 뻥! 뻥! 풍선 터지는 소리와 함께 우리는 함께 외쳤다.

"Happy birthday to you!"

웃을 때마다 하얀 치아가 매력적인 디피카는 책상에 쌓인 선물들과 케이크를 보며 눈이 왕방울만 해졌다. 살짝 어리는 눈물에 생

일 파티를 잘 준비했구나 싶었다.

"땡큐! 땡큐! 쏘 스윗!"

늦게 도착하신 디피카네 부모님도 감동을 하신 듯,

"고맙다. 너희들이 디피카 곁에 있어 고마워!"

"디피카, 나의 룸 메이트! 네가 내 곁에 있어 고마워!"

준비해 오신 케이크를 두고 한 번 더 노래 부르고 사진도 찍고 우리 모두의 생일처럼 행복하게 보냈다.

Birthday @Vartika

■

　　　새벽 12:00 정각. 그녀를 향한 우리들의 복수가
시작될 것이다.
바르티카의 룸메이트인 미솔이는 몹시 분주해 보였다. 왜냐면 바
르티카의 생일이 내일이었기 때문이다. 그녀는 디피카와 나 그리
고 다른 아이들에게 근사한 생일파티로 무엇을 하면 좋겠느냐고
물어보고 다녔다. 집에서 생일을 보낼 수 없는 우리들, 디피카, 아
라, 그리고 나는 뭔가 색다른 생일을 보내기를 원했다.

오늘은 바르티카의 생일이다. 바르티카는 밤마다 날 못자게 괴롭
혔던 원흉이고, 차분하고 조신하게 처신하려고 노력했던 나를 가
장 짜증나게 만드는 인간이었다. 개구쟁이 남자같이 날 괴롭히는
그녀지만 속이 참 깊다. 내 고민도 잘 들어준다.

내가 아플 때 그녀가 제일 싫어하는 요리, 죽을 끓여 오기도 했다. 알고 보면 바르티카는 사실 착하고 유쾌한 친구다. 그래서 바르티카의 생일을 위해 뭔가 오래오래 기억에 남을 추억을 만들어 주고 싶었다.

처음에는 생일 날 아침 일찍 케이크를 주며 노래를 부르자고 했다. 하지만 이건 바르티카에겐 너무나도 소박한 생일 파티일 것 같았다. 그래서 긴급 회의를 소집해서 기발한 아이디어 대책회의를 했다.

밤 12시, 그러니까 정확히 바르티카의 생일이 되는 그 순간 우리는 생일 파티를 열기로 계획했다. 그날 저녁, 우리 모두 한 방에 모였다. 하지만 기숙사에서 12시까지 일어나 있으면 안되기에 몰래몰래 진행을 해야 했다.

조용히 옆방으로 가서 필리핀에서 온 찬드니와 로시니를 깨우고 생일파티에 초대했다. 그리고 다른 아이들도 미솔이와 디피카가 초대했다. 우선 화장실에 탁자를 놓고 생일 파티를 하기로 했다.

'화장실에서 생일파티를 하냐?' 이런 생각이 들기도 하겠지만 다 계획이 있었다. 우선 포스터를 만들었다. 그녀를 위한 단 하나의 포스터. 우연찮게 며칠 전 수업 시간에 스페니시 포스터를 하다 실패한 게 하나 있었는데 그 뒷장에 만들기로 했다. 우리는 우선 큰 글씨로 'THANK YOU FOR MAKING OUR LIVES HELL' 이라고 적었다. 바르티카에게 괴롭힘도, 사랑도, 고마움도 많이 받았던 우리는 '우리의 인생을 지옥으로 만들어 줘서 정말 고마위' 라고 크게 적은 것이다.

사실 그날 저녁 스터디홀이 끝난 후 바르티카가 날 심하게 괴롭혔다. 매우 친한 우리지만, 심심해지면 바르티카는 악마 그 자체로 변한다. 밀린 숙제와 공부를 하던 나는 바르티카의 괴롭힘에 화가 머리까지 치밀어 올라 처음으로 베개를 들고 그녀를 팼다. 그리고 소리쳤다.

"후회하게 해주겠어!"

내가 강경하게 소리치자 움찔한 바르티카는 그 다음날이 자신의 생일인 걸 깨달았다. 그리고 애원을 했다.

"제발 학교에서 케이크만 던지지 말아줘!"

하지만 그보다 더 심한 사건이 저녁에 일어나리라곤 상상도 못했을 것이다. 포스터에다가 바르티카가 제일 싫어하는 '귀여워' 라는 말을 적어 넣었다.

"넌 세상에서 제일 귀여워~!"

그런 후 미리 사두었던 케이크를 화장실에 있는 탁자에 놓고 커다란 바켓 5개에 물을 담아 샤워실 중간 중간에 있는 칸막이 벽 위에 올려놓았다. 화장실 불을 꺼놓고 우리를 실망시키지 않는 명연기자 찬드니가 바르티카의 방으로 향했다.

미솔이와 친구들은 화장실에서 숨어 기다리고 있었고, 찬드니는 바르티카에게 상담할 것이 있다며 바르티카의 방에 있었다. 바르티카는 남 고민이나 얘기 들어주는 걸 별로 안좋아 했지만 찬드니의 실감나는 고민 상담에 속아 정성껏 들어 주고 있었다.

그러다 찬드니는 화장실에 가고 싶다고 했다. 12시가 넘어 무섭다며 바르티카를 데리고 화장실로 왔다. 평소 성격대로라면 절대 화장실 같은데 따라오는 성질이 아닌데 찬드니의 명품 연기는 성공했다. 마침내 화장실로 데리고 왔다.

바르티카의 등장과 함께 우리는 촛불이 꽂힌 케이크를 들고 생일축하 노래를 불렀다. 바르티카는 완전 감동해서 기절할 뻔! 우리는 '이때다' 하고 케이크를 바르티카에게 묻히기도 하고 던지기도 했다. 한참을 그렇게 장난을 치다가 케이크가 묻었으니 씻으라면서 포스터를 붙여 둔 샤워실에 바르티카를 밀어 넣고 가둬버렸다. 차가운 물들이 샤악~ 샥샥~!

그리고 미리 준비되어 있던 물이 담긴 바켓들을 바르티카 위로 쏟아 부었다.

원래 우리 학교에서 물 세례 의식은 남자친구가 생겼을 때 하는 것이다. 물 세례를 받고 포스터를 바라보던 바르티카는 비명을 지르기 시작했다. 처음에는 커다랗게 소리를 지르다가 갑자기 어느 순간 멈추는 것이었다. 비명 소리에 무서운 사감이 달려 올 게 분명했기 때문에 바르티카는 최대한 자제해야 했다.

더 신나는 것은, 바로 몇 시간 전이었다. 바르티카는 내 방에서 거의 1시간 동안을 열심히 머리를 폈다는 것이다. 남자 친구를 만나러 가려는 듯 콧노래까지 흥얼거리면서,

'내일이 내 생일인데 최대한 예쁘게 해야 하지 않겠어?' 라고 생

각했겠지? 음하하!

공을 많이 들인 머리에 물세례를 받고 다시 샤워를 해야 하는 그녀의 마음은 어땠을까?

그녀의 특별한 생일잔치, 물론 여기서 끝낼 수 없었다.

그날 방과 후, 나와 라시나는 또 계획을 세웠다. 이번에도 머리를 맞대며 궁리를 하다가 우리는 둘이 동시에 의미심장한 미소를 지었다. 그녀에게 평생 잊지 못할 선물을 주기로 한 것이다. 우리는 큰 박스를 찾기 위해 온 학교를 다 뒤졌다.

누군가가 기숙사로 이사올 때 쓰고 버린 큰 박스를 구해서 우리의 계획을 넣어 바르티카를 기다렸다. 문자로, 디피카 빨리와~! 디피카는 생글생글 웃으며 바르티카를 그 박스 가까이 유인해 왔다.

'줄미 넘버 투' 라는 한 귀여운 친구가 있다. 줄미 넘버 투는 우리 학교에 '줄미' 라는 아이가 두 명이 있어서 우리들 사이에 그렇게 알려졌다. '줄미 넘버 투' 가 얼마나 코믹한 지 평소 우리는 바르티카의 남자친구라며 놀려대곤 했었다. 줄미에게 다가간 라시나의 부탁은 간절했다.

"바르티카의 특별한 생일 선물이 되어 주지 않겠니?"

"오우 케이!"

그는 흔쾌히 승낙을 했다. 물론 라시나의 미인계가 통했을 것이다. 남자들은 미인 앞에서 약하니까. 코가 오똑하고 윤곽이 선명한 라시나는 우리 학교에서 알아주는 미인이다. 그녀가 생머리를 넘기느라 머리를 젖힐 때면 지나가는 남학생들이 다 돌아볼 정도다.

디피카는 바르티카와 이런저런 이야기를 주고 받는 척 하며 박스를 발로 툭툭 차기도 했다. 바르티카는 그 박스를 흘깃흘깃 보며 이상하다는 얼굴 표정을 짓고 있었으리라.

"네 생일 선물이야!"

우리는 외쳤다. 디피카가 서서히 박스 끈을 풀자 갑자기 줄미가 박스를 뚫고 나오며 소리쳤다.

"Happy birthday to you!"

"짠~ 서프라이즈!"

폭소를 터뜨리며 그들 옆에서 숨이 넘어가도록 웃다가 나는 쓰러졌다. 그리고 디피카와 라시나도 잔디밭으로 쓰러지고. 찬드니는 소파에 쓰러지고. 우리는 그렇게 한참 동안이나 미친 듯이 웃고 있었다. 그러는 동안 바르티카는 줄미에게 '미안하다'고 열 번을 넘게 사과를 했다.

줄미가 '괜찮다'며 '진심으로 생일 축하한다' 말하고 자리를 떠나자 그제야 우리를 향해 소리쳤다.

"내 생애 최고의 생일이었어. 얘들아! 고마워"

■

　　　인도와 인연을 맺은 지 12살부터 벌써 7년째다.

인도에 처음 와서 똥냄새를 맡으며 한국에 얼른 돌아가고 싶었던 12살의 나.

배낭 하나 매고 북 인도를 돌아다니며 셀 수 없는 사람들을 만나고 돈으로 환산할 수 없는 소중한 경험을 했던 13살의 나.

인도가 가고 싶어서 상사병에 걸렸던, 그래서 결국 again, 배낭을 메고 인도로 간 15살의 나.

인도 코다이카날 국제학교에 반해 그 곳에서 공부한다고 몇십 장이나 되는 알 수 없는 외계어의 신청서를 미친 듯이 작성하면서 인도로 유학을 떠난 16살의 나.

매일 두근거리는 가슴과 모든 것에 감사한 마음을 가지며 여행하고 공부했던, 이제는 너덜너덜 바랜 내 일기장을 읽으며 감사하고 있는 19살의 나.

이제 곧 졸업반 12학년이다. 학교에 온지는 벌써 4년 째. 그 동안 빨리 지나갔지만 여유롭게 살아온 나는 내 19년 인생 중 가장 바쁜 시기를 보내고 있다.

우선 나에게 제일 맞는 대학교를 찾고 있다. 나의 꿈과 희망을 찾을 수 있는 그 곳. 아직 어디인지는 모르지만 코다이카날 국제 학교처럼 어느 날 나에게 나타날 것이다. 마냥 기다릴 수만은 없다. 인도를 몇 번이나 방문한 것처럼 내가 할 수 있는 모든 것들을 하고 모든 곳에 가능성을 열어두어 나에게 딱 맞는 곳을 고를 것이다. 대학을 가려면 또 고등학교 때의 입학신청서와는 비교할 수 없는 더 외계적인 입학 신청서를 작성해야겠지? 미국, 한국, 캐나다 등 여러 학교들을 위하여 나는 영어평가 시험과 우리나라의 수능 같은 미국학력평가시험 등도 준비하고 있다.

게다가 지금 이 순간, 이 시기에만 할 수 있는 나의 일기장 만들기가 진행되고 있다. 지리산 밑 작은 마을에서 태어난 나의 믿을 수 없는 이야기, 소중했던 시간들을 꼭꼭 눌러 담아 보기 좋게 '인생 일기장'을 하나 만들고 있다. 내가 스무살이 되고 어른이 되면 아름다운 추억들과 소중한 시간들 그리고 어리고 순수했던 감성은 서서히 사라져 버릴 거다. 그리고 새로운 삶이 시작 되겠지? 나는 벌써부터 기대가 된다.

앞으로 어떤 색깔과 어떤 모양을 가진 조각들이 내 인생에 끼워질까? 언제쯤이면 나의 두 번째 '인생 일기장'이 완성될까? 아마도 20년 후? 아직은 아무 것도 모르지만 한 가지 확신하는 것, '그 때가 되면 인도가 미친 듯이 그리워 질 것이다.'

"역시 이 작은 곳에 다 넣기란 무리였다.
아무리 많은 이야기를 넣어도
더 넣을 게 넘쳐나는 것."

이 페이지로
내 일기장이 끝난다.

그 전 마지막으로
꼭 하고 싶은 말이 있다면?

'언제나 나를 사랑해주는 아빠와 엄마
절 인도로 인도해주셔서
너무나 감사합니다.'